U0945199

一个人流浪，不必去远方

厦门散步

王臣作品

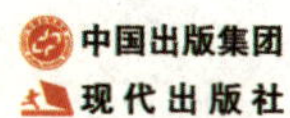

心静即是欢喜，心宽即是远方

2015年，苏小姐结婚了。

订好飞往厦门的机票，却终究未能成行。去厦门看她的时候，她尚单身，每每问及婚嫁一事，她总说毫无指望。如今婚嫁，都只论身外之物，不谈缘分天定。对此，苏小姐总心有惶惑，以至于迟迟未觅得良人。其实，得知苏小姐要嫁之时，也曾有担忧。怕她只是熬不过荒荒世情，终是下嫁了自己。

但不能问。
最好不要问。

距离上次相见，已经时隔三年。不久的将来，苏小姐将要成为人母。而我呢，依然孤孑一人，来去无心。其实，人最怕的就是一颗心变得贫瘠、穷困。因此，有了一次又一次的旅行，就是为了安抚自己日渐干涸的心。忘记该忘记的，记起要记起的。

旅行中忘记。

忘记你对我说过的“对不起”。
忘记我对你说过的“没关系”。
忘记对彼此说过的“我爱你”。

旅行中记起。

记起童年时的那一点单纯。
记起少年时的那一点热忱。
记起成年后的那一点本真。

似乎，人人都在争先恐后地去旅行。世界那么大，都想去看看。我却觉得，旅行本身远不如日常琐碎能带给我们的东西多。旅行可见的是人，是景，大概也有情。只是，旅途中见到的，你我以之为有趣、美好、奇妙的，不就是他乡异国的无数个日常吗？

诗人卞之琳的那一首《断章》正可引于此处成为旅行之于我的最好注脚：“你站在桥上看风景，看风景的人在楼上看你。明月装饰了你的窗子，你装饰了别人的梦。”我们往往要通过别人才能看到自己，而这本身便是一件本末倒置的事情。

旅行，甚至是连“看”的目的也不该有。或许，如此你反倒可以“看”得更多、更远、更深。去何处旅行不重要，与谁去旅行也不重要，哪怕只是一个人，也要做到来去洒然、来去安心。

有人去荷兰的津德尔特，寻找凡·高那片《有乌鸦的麦田》；有人去日本的大阪，寻找川端康成遗失的《千纸鹤》；有人去比利时的布鲁塞尔，寻找奥黛丽·赫本的《蒂凡尼的早餐》；也有人去厦门的鼓浪屿，读林语堂的《京华烟云》。

忽然，想起去年旅行途中与朋友在 KTV 唱的那一首《旅行中忘记》：“淡紫色的回忆，待在心里。你不会，成为我的过去。是我们心中的眼睛，将下雨看成天晴。用力捏着泪滴，迈步往前去。仔细听，旅程中的谜语。是孤单走出了意义，让自己安了心。”

旅行，就是为了安心。

做一个安静的人，读书，旅行，等待爱情。给自己一段柔软的时光，不用太远，不用太贵。去一个安静的地方将自己释放。旅行，就应该只是单纯地出去走走。一个人流浪，不必去远方。心静即是欢喜，心宽即是远方。

愿你能活出自己喜欢的样子。
愿你能过上自己想要的生活。

谨以此书，献给苏小姐即将出世的孩子。

王 臣
二〇一六年一月

看过的风景，爱过的人，放在心里就好

那时我们有梦，
关于文学，
关于爱情，
关于穿越世界的旅行。

——北岛

人一辈子，总会走过一些地方，爱过一些人，并最终落地生根，与一个爱或不爱的人，抑或独自一个人，过完下半生。你大概是不想这样的。所以，有一天，你突然告诉我，你要走。你说，你只是不想停下来，去远方，看看这个世界有多精彩。

那一年，你为了旅行，放弃了所有生活之负重，包括我。而今时今日，我却是为了昔年的你，放弃眼下诸多的羁绊，去兑现曾经未能赴约的旅行。我知道，感情的事，没有谁对谁错，奈何缘始缘终，最后成空。

今次，我写下这些文章，是纪念。

纪念那几年的美好时光，纪念那几年的温柔和心酸，也纪念那几年我们为了私心向彼此说过的谎。事到如今，你已距我很远，我亦已背井离乡。大家都不再需要为了彼此替往事承担。可以做的，也就是在某个悠闲的下午，喝一杯咖啡，望着窗外日光，漫不经心地回想。

那时我们有梦，
关于文学，
关于爱情，
关于穿越世界的旅行。

北岛的这几句话说得真是好。现在，你大概正背着行囊穿梭在异国街巷，累时坐在街角的露天咖啡馆，抱着你的吉他弹唱。而我呢，也会时不时出门走走，去去远方，倦了，便在某家茶馆坐下，饮一杯茶，写写文章。

时日久了，走过的地方多了，仿佛“为了你”的初衷也淡却了。再念及曾经、昔年、从前的时候，也不似从前一般哀痛如死了。开始眷恋的，也日渐纯粹稀薄了。不过，就是路上所遇的一朵赤色野花，天空可见的一团絮状白云，旅馆窗外的一束蟹爪菊，以及酒吧里伴着电音或民谣的一打酒。

后来，有人告诉我，爱情原本只应当是部分的生活，一如谋生工作，一如吃饭、喝水、走路、运动。它不应该是生之梦想。梦想这个词语太重了，需要更深阔的内涵。理应当作梦想的，不该是肌肤爱情，但可以是行路万里，寻找真谛。

没有爱情，可以。
没有梦想，不可以。

今时今日，生活静好安稳。租了一间大房子，养了几条狗，救过几只猫，平日里写写文章拍拍照。无所事事的时候，背起包，去别处瞎看乱跑。假装自己在流浪，总比假装自己与快乐绝缘的好。每一年都会出去旅行，遥远的异国，毗邻的村落。路过的风景，比路过的爱情，要美上许多。

去年盛夏，我去了厦门。在厦门度过了一段并不漫长的时光，却仿佛已在那里生活了好几年。去的时候，只一个出去走走的念头。离开的时候，竟似隔断根基一般地难舍。凤凰花开的盛夏，我一个人在厦门街头，穿着人字拖，背着相机，走走停停，自在逍遥。

桎梏人生的永远不是外人、外物，永远都只是自己仿佛储备在人生仓库里用不完的借口。只是，有生之年实在有限，不给自己一个远行的理由，依着岁序终老，内心寂寥，不能安好。该做的是，放下执念，出门旅行，呼吸新鲜的空气，看看精彩的天和地。

温暖的阳光好亮，照着公园一朵朵鲜花。大树的身体好壮，小鸟们都抢着晒太阳。我和春天商量去旅行，把夏天的热情一起带去，凉凉微风，轻轻吹起。我和秋天骑单车旅行，把冬天的假期一起带去，大声唱歌，大口呼吸。

蓝天的白云好白，衬着彩虹一条条灿烂。少女的洋装随风摆，男孩打赤脚散步在，教堂前喷水池，谈恋爱。我和春天商量去旅行，把夏天的热情一起带去，凉凉微风，轻轻吹起。我和秋天骑单车旅行，把冬天的假期一起带去，大声唱歌，大口

呼吸。

其实我，好想好想，

我好想和你一起去旅行。

昨日，朋友传来一首自己翻唱的魏如萱的《一起去旅行》。真是动听。最好的时光，始终在路上。没有爱情也要旅行，哪怕是流浪也没有关系。别人有的爱情，不过是我们的曾经。这是亲爱的你，昔日告诉我的道理。

带着春夏秋冬去旅行，一个人也不要紧。

王　臣

二〇一三年三月

目录

Contents

之二 那些人，那些事。

出发

身未动，心已远。

决定去厦门是件极突然的事。突然到，是在中午起床之后，坐在电脑前，想要写些什么的时候，脑中一片空白。是抽完第四根烟的时候，点开了某知名行客的博客，看到他在厦门鼓浪屿轮渡的照片。未经思虑地，我便订了下午的机票。决定，飞往厦门。

行装简单。一个登机箱，一个双肩背包，一台相机，我便出了门。在出租车上，司机问我是去出差吗？我竟一时语塞，无言以对。我甚至不知道自己此行的目的，只是莫名便抵达机场。登机的时候，反复摩挲着登机牌。刹那恍惚，不知自己身在何处，将要去往何处。

职业写作的好处，便是，想走就走。
而其余的，唯有孤独，不值一提。

身前是一对老人，手牵手。好和睦。
身后三五结伴少女，言笑不止。好欢喜。
而我是独独一人，无所想，无所念。

每个人总有这样的时刻——熙攘的人群当中，你分明站立日光

廊·旅館

café

灼目之地，却仿佛置身潮黑深邃的暗处。世间热闹纷扰皆是与你无关。你只是你。独自一人。无所依傍地冷眼人间。是仿佛可被忽略、毫无存在感的一个时刻。无人想到你。你亦记不起任何人。于是，你便有了一个可以掩面痛哭的理由。

而幸好，我上了路。

检票登机之后，坐在靠窗的位置。是怀着一种与人世隔绝仿若复归于婴孩之心态，等待。与她都是自小出生长大在内陆，竟始终未能有机会看到海。那时，她便常讲：听说厦门的海很是美，真想跟你一起去看看。庸碌生活之下，似有千万阻绊，不能如愿。

直到昔日温柔不在，你也不在。我才发现，从来就没有妨碍，人生就理应说走就走。实践梦想的事情，错过这一生，永无下一世。去时，随身带了一本三毛的《撒哈拉的故事》。

三毛的散文平易近人，又情意生动。最大的妙处，便在于她是用自己的生命在写。写流浪，写不羁的爱，写生与死。住在沙漠的女人真是风情万种。波西米亚长裙，披肩长卷发。她不足够美艳，却活得比谁都漂亮。

这才是最重要的。

此生是不能与你相见了。但想着若有来世，一定追随你左右，做你的门徒。听你讲说那些发生在路上的伤欢悲喜。若能有幸与你同行，自然是再美妙不过的事情了。文学上的野心，敌不过和你旅行的一日心情。厦门，你去过吗？若是没有，来生，我讲给你听。

飞机行驶在三万英尺的高空，云团如絮，机身穿行而过的时候，我仿佛听到你在台北孤身思念荷西的声音。昔年，你看爱情，重过旅行。而今，我爱旅行，超过恋情。倒是那些与旧人抵死缠绵的曾经，到底还是会不时蹿入心，提醒我从前经历的关于爱情的一朝一夕。

日光越来越暗淡。
路途越来越漫长。

我的旅行也开始变得，
丰盛跌宕和多愁善感。

到达

盛夏天气，暑热多变。

抵达厦门，走出机场刹那，腾腾温热空气袭面。南方空气，有一种暧昧的潮湿和溽热。勾引人心。倒是前来接机的苏小姐淡定，只笑不言。到底是在南方出生、成长的女子，心性水灵，酷热天气也不能损她心思分毫。与我说话时，细语轻声，不似旧时相识模样。

排上长队等候的士的时候，苏小姐跟我说起，她忽然不知道如何跟男人相处了。这个话题真是敏感。她说："譬如你，原本，也不是非要相处到而今不分彼此、连性别差别都没有了的地步。"

我懂她的意思。

每个人都有的一些如水过往，或激流勇进，或静缓如心。事业上，感情上，皆是如此。我与苏小姐相识这么多年，她的情路一直不顺利。好姑娘永垂不朽。我相信，终有一日，会有一个能识别苏小姐之聪慧之美妙的温柔男子，来到她的身边，与她牵手度日。

上车之后，苏小姐开始沉默。大抵还是有不少心事的。只是毕业后几年，我也不常去关心她。此时，若再三去问倒显得不合时宜了。

厦门的夜景很美，迂回起伏的道路，仿佛是一首诗。平平仄仄，长长短短，迷迷离离。再温柔不过了。

许是闻到大海的气味，酷热天气也仿佛变得没有那么激烈了。心境最是重要。从庸常的生活里，短暂逃离，要的便是这样与海为邻的片刻平静。后来，我看到苏小姐插上了耳机，在听歌。我碰碰她，问她听的是什么。她说是彭坦的《灯塔》。

这一刻，心如大海。
如迎风的帆，沿着海湾。
在洒满，银子的海面。
我是一艘，孤单的船。
你是否，已经在那里。
安静地，等待着。
你是否，已经在这里。
冰冷地，燃烧着。

……

不能熄灭，你的光芒。
不能淹没，我的希望。
也许是在远方，还是就在身旁。
你照耀我前行的方向。

如同昨日，但细想，竟已是五六年前的歌了。后来，彭坦跟春晓在一起了。春晓那么美，彭坦又好有才华。当真是才子佳人。也不知道，今时今日，他们是否还好，或者，已经打算要一个宝宝?

与苏小姐做了这么多年的朋友，我始终不太称职。心里对她不是不曾有过超过友谊的心动的。只是，这已去的小半生，身边的人那么多，来来往往，停停走走，竟没有几个像她一样，待我如昨。忽然地，我又想起你了。

想起你，离开之后的那些时日，我夜半给苏小姐打过的电话。假装漫不经心，只谈曾经，不提将来。不伤感，不叹息。只是，不可避免地会有一些片刻，陷入沉默里，不能自拔。

人群里，伴侣那么多，会不会也有一对你和我，只是换了名字和面目，但终究是，可以无挂无碍地在一起了。而面前的苏小姐，忽然回头笑得好大声，说：你怎么突然，又似从前，一动不动，也不说话，盯着一处看，又傻又呆。

之一

这些景，这些情。

小岛·鼓浪屿

猫之岛

鼓浪屿的猫。一定要看，也一定要写。人说，鼓浪屿的真正主人，不是人族，是猫族。被好生爱顾的家猫。野性十足的流浪猫。孤僻的，亲和的，警惕的，温柔的，各色小猫。令人十分难忘。只是游走在外的猫族，难以捕捉画面留影纪念。只在咖啡馆里，拍摄了几张奶黄一家的相片。

那好。

写写在鼓浪屿上遇见的你们其中几个。

奶黄。

她是岛上一家咖啡馆的老板收养的流浪猫。虽年纪尚轻，但亦是几个孩子的母亲。刚被捡回的时候虽看似无恙，却已身有顽疾，并且有了身孕。而今我所见之奶黄，已是病愈产后又完成结扎手术的一只靓猫女。也不知是何缘故，奶黄虽流浪时日已久，但野性不强，很是温驯，也不似旁的猫，会不时出走散步。

她大多数时间都在咖啡馆后院废置的桌上，与身边猫崽依偎。日子，在她的眼中，是真正的——安稳静好。她平时里也极少喵叫，是个很沉静的小女子。许流浪之前，她也是大户人家豢养的宝贝。

虽入室时间不久，但奶黄很愿意与人亲近。这在流浪猫当中是不多见的。她甚至容忍我将她抱起藏在怀中。我在想，她不担心我就这样将她夹带私逃，丢了自己的猫崽吗？是好温顺的一只奶黄。

平日无事，唯愿安稳。

花枝。

它不知男女，名字亦是我为了记得它即兴拟取的。在马路侧边的草丛里看见的它。是一只黑白黄三色玳瑁猫。当真是词穷，叫它时，脑中莫名只蹦跶出“花枝”这个词语。事后想来，倒也雅致。

花枝我在岛上见过两次，是在同一个地方，大约相隔两天的时间。每日闲来无事都会去岛上闲逛。见它初次，便想见第二次。次日，特地去找，却是了无踪影。隔一天，信步游走，回到那里时，倒也不再记着这事，却又反而见着了它第二次。世事因缘皆是如此，人与猫族亦不例外。

也不知它是否真的知道是在叫它。几声“花枝”下来，它竟就顿住了，回头盯住我。那天，日光好盛，越过我照进它那一面。不知是否猫眼如人，强光之下，无法细看。但它的眸子里分明波光闪闪，像两颗碧钻。非常漂亮。

仿佛是对望了很久。但消失，只在刹那。是几乎我一晃神的工夫，它纵身越进深草，花草一阵窸窣骚动，它便寂静无影踪。庆幸，初见那回，我为它拍了一张照。它野性十足，又异常灵敏。能捕捉下的，也只能是一个模糊的轮廓之美。

娘子。

娘子，极可能是某只猫母亲为择优生养而遗弃的瘦弱猫崽。彼时，在一家奶茶店的门口，有一中年男子为他拍照。走近的时候，听到男子问奶茶店的人，他可有主人。店主说没有，是前两日出现在门口的。于是，男子说，他想将他带走。后来，我是有意地，与男子说上了话。

爱猫的人一定都有猫的故事。

男子对猫族熟悉，他说小白猫是一只男猫。但他打算叫他，娘子。我问他为何。他说，他本有一只纯白色女猫，自幼养大，是他母亲生前送给他的最后一件礼物。恋爱多次，人来人往，只有白猫与之长久相伴。后来，他便玩笑叫白猫“娘子”，竟不想，自此，再未改口。

后来，娘子寿终正寝。他也未再养过任何猫族狗族。只是独居。而今，他已是一个女孩的单身父亲。时间过去那么久，久到自己连孩子都已有，久到连妻子也失去了，久到很多往事他都不太记得了。但与之相伴十二年的那只白色小猫，他从未曾忘。

而今，在鼓浪屿遇到这一只，当真也是一种缘分。他的女儿也日渐长大，终要离开。而那以后，若还有娘子在侧，真是很好。与他们告别的时候，天有微雨。我也忽然，十分十分地想念，我的王小咪。

你。

从前，有一只纯色小黑猫，叫王小咪。

她被捡回来的时候，惨瘦，后背烫伤。是处于濒死的状态。是在之前两日，与王小妞散步时碰见了她。时值傍晚，天色昏暗。在远处，它只是一小团黑色阴影。起初，以为是垃圾袋之类。后来，王小妞奔上前要弄，我也并不在意，只是踱步过去与她说话。

刚走到近处，便见那一小团黑色竟剧烈动起来。再靠近方知，是一只瘦弱小黑猫奋力自保。我厉声呵斥住了王小妞。王小妞实在是粗暴又无礼。也只怪我不擅教导。

彼时，王小妞尚未成年，仍是一只拉布拉多幼犬，性情活泼又暴躁。我竟一狠心，对小猫说，今日不带你回家了，若是你有命，跟我有缘，明日再与我遇见，定会救你。竟不想次日出门，在距离上次相见两百多米曲折回环的小路尽处，即我所住单元的门口，果真又再见。

此时，方才看得真切。她已是饥瘦得不成样子了。只有爬行的力气。很是自责。当下，火速买了可速食的小袋妙鲜包猫粮倒在地上，让她先吃了一顿。是在极端无力的状态下，拼死一搏似的快速吞咽起来。用尽了全身气力，支撑着自己。后向物业要了一只废旧的纸盒，带她回家。

这是我与猫族初次亲近的经历。

她入家两月有余时，因王小妞与她实在难以共处，无奈之下唯能忍痛将她暂时托付给了旁人。不久，她便被送回。因她十分孤僻，并且在旁人家中心情甚是低落，除了觅食时会出现，多半都不见其踪影。回到家中，一如从前与我亲密。

王小妞自幼放养家中，王小咪的窝被置放在阳台，与王小妞隔开。于是，她时常会对阳台的玻璃门产生敌意，拼命挠抓，也不是磨爪。她是嫉妒王小妞的吧。那么想要进入室内占据一个小小角落。其实，她要的也就只是这么少，从不吵闹，不喧扰。我却未能让它如愿，只是偶尔抱进来，放在腿上，与她说说话，让她小睡。

任何人唤她，都无反应。对人类的惧怕依然顽固在心中，难以淡却。唯有待我不同。每每靠近，都要翻出肚皮暴露自己要害表示信任。为她涂抹药膏的时候也十分乖顺，从不乱动。时日久了，也日渐康复并逐渐强壮了。

她开始时常盯住阳台外面的世界。那个，昔年她好熟识又好惧怕的世界。她一定是有心事的。只是，我不能够懂。阳台不是密闭的，只有一道大半人高的玻璃围栏，围栏底部是镂空的。起先，我也没有在意。有一天，突然发现，她铤而走险地在围栏镂空的底部钻进钻出。很危险。

后来，我找来硬纸板将围栏底部挡住。私以为是安全的。那日，有人来家中做客，酒足饭饱开始闲话。平日里只要在家中，总会记得时不时朝阳台看一眼，确保她安好。那日，竟半晌未这样做。忽

一刹那，我晃过神来，朝阳台看了一眼，无踪影，叫了一声，亦无回应。

我知道，坏了。

打开阳台门，纸板一角被她掀开。不过三五平米的空间，几乎是想要翻开地板，也未能找见。朝阳台往下看，几度看不清晰。但我知道，她一定是失足掉下去了。定了定心神，再看，方才隐约从十楼高度看见地面有一团小小黑色阴影，一如那天我在社区的角落与她初见。

后来的事情，也不过就是那样了。实不忍心事无巨细一一回想。只是，葬她的时候，她的身体依然好软。我始终觉得，是在我突然叫她的刹那惊到了她。直到她入土的时候，方才想起，我竟不曾为她留下一张照片，不知其男女，亦不曾为她取名，只是一直唤她“咪咪”。

怎能让你当一只孤野无名的猫灵。

于是，临别前，我叫了你一声：

王小咪，再见。

躲在咖啡馆的寂静下午

每个人都有一个开间小小咖啡馆的愿望。

咖啡馆，做得讲究、简洁、文艺又盈利真是不容易。鼓浪屿的咖啡馆很多。做得好的亦不在少数。鼓浪屿虽不足 2 平方公里，但慕名而来的人，素来极多。将咖啡馆开在这样一个人杰地灵的好地方，是个上佳的选择。

鼓浪屿小而惊奇。走在鼓浪屿的古巷老街，会不时有温柔的咖啡香从角落漫溢而出。蜿蜒小径遍布全岛，宽窄街巷交错密织。孤自走在鼓浪屿，倦意甚少，总要驻步停留。见那咖啡馆琳琅而立，仿佛不进去坐一坐，是一件很不厚道的事。

若是遇得大好晴天，不去喝杯咖啡晒太阳，绵软的下午时光当真就荒废、辜负了。鼓浪屿人流量最大的一条街是龙头路。龙头路是鼓浪屿一条聒噪拥挤的商业街。路不宽敞，亦不平直，每一个铺面都被完整利用。初抵鼓浪屿的行客多半都是从这里开始漫走。

龙头路，虽不是在鼓浪屿喝咖啡的首选地点，但当中亦不乏别有资质的咖啡铺馆。譬如，赵小姐的店。譬如，Baby Cat。闲来无事时，路遇之咖啡馆，都曾入内光顾。

ManZO

较之于龙头路，鼓浪屿上的鹿礁路、漳州路、鸡山路等其他几条路区相对沉稳得多。人少安静，视景亦佳。是下午茶时间的上好去处。常去的是，鹿礁路的娜牙咖啡旅馆。店主喂养的一群酷俏小猫是吸引我常去的一个重要原因。

我对咖啡并不内行。喝咖啡这件事，之于我，平日里只是熬夜工作时的一道工序。并不嗜好。在鼓浪屿，多半也只是附庸风雅，满足自己片刻的做作心罢了。只是，“做作”这件事，做好了，便是格调，做得不好，便是笑柄。生计重迫之下，寻一道出口，也倒很是乐意做作一回。做得好与不好，也不是很重要了。

那日，在某咖啡馆小坐。见邻桌女孩在读舒婷的《真水无香》。方才想起来，听说作家连岳、诗人舒婷都住在鼓浪屿。也不知道，是否曾在熙攘人群里与他们擦身而过或是打了一个照面却无觉无知。

舒婷的《真水无香》，几年前也曾读过。甚少读新诗，因此，对于舒婷的了解，也大多来自她的散文。她是真正的鼓浪屿人。对于鼓浪屿的情结，用她的话说，便是——“我的家族，我的认知，我的生存方式，我的写作源泉，我的最微小的奉献和不可企及的遗憾，都和这个小小岛屿息息相关。”

能在鼓浪屿成长、生活，对于你我行客而言，实在是好奢侈的一件事。日日可见绸缪如蜜的阳光，日日可闻声似琴音的鸟鸣，日日都可以从容地在花前树下散步、看海、遥想远方。

舒婷的散文写得干净流畅，简朴亲和。对于鼓浪屿的认知，我一个行客自然不如舒婷看得真切，体悟得深刻，也定无法描述得如她妥帖。

她在文章《小岛也疯狂》里写鼓浪屿：

> 最不短缺的是阳光。冬天是蜜，夏天是火，秋天则是灿金灿金的铜笛。春天不好说。春天的阳光懂得迂回转折，工笔勾勒出梅雨、薄云和软风，是琵琶半掩的美人脸。

文章《在家门口迷路》中，舒婷写道：

> 小岛色彩浓烈，由于它的玉兰树、夜来香、圣诞花、三角梅；小岛香飘四季，由于它的龙眼、番石榴、洋桃，甚至还有菠萝蜜。这些大自然的宠儿被慷慨的阳光和湿润的海风所撩拨，骚动不息，或者轰轰烈烈，或者潜移默化，在小岛上恣意东加一笔，西修一角，增增减减，让一个拳头大的地方，坠住千万游客的脚，使他们总也走不出去。

鼓浪屿之好，舒婷说得很是美妙。

据说，鼓浪屿得名，是因鼓浪屿的老别墅前有一块中空的礁石，叫作鼓浪石。旧时，潮水上涨之时，波浪起伏拍击礁石发出声响，犹似鼓音。故因此得名。明朝万历年间，泉州同知丁一中还曾在日光岩上题过四个字：“鼓浪洞天”。

而今，礁石还在。
而今，波涛还在。
只是，鼓浪之声早已不曾耳闻。

正想着要为鼓浪屿写点什么的时候，邻桌女孩叫住了我。她说想给我拍一张照。大约是我在她镜头可捕捉到的那一帧画面里，尚有可取之处，她便好尊重地来征求我的意见。我自然说，好。临走时，女孩说：“你看过这本《真水无香》吗？写得真好。”

女孩挥手告别之后，我竟无知无觉地去隔壁书店买了一本书——《舒婷的诗》。我记着，我是并不爱读新诗的。亦是不痴迷舒婷的，虽然那本《真水无香》当真是写得好。改日，大约是会将《真水无香》拿出来重读的吧。

如果我还在鼓浪屿。

还记得这个躲在咖啡馆的寂静下午。

T&T
T&T
T&T

旧爱·就爱

一个人的坏天气

青山七惠的书写得清淡又缓慢。

我出门的时候随手带了一本她几年前的书,《一个人的好天气》。放在背包里,也一直不曾去读。是这样的,买书如山倒,读书如抽丝。那日,在鼓浪屿小走,走到海滩边,已近日落时分。一个人坐在沙滩的顽石之上,闲看海边日暮风景,很是惬意。

后来,接到家人电话,说堂妹高考结束,想来找我。我说,好。电话挂断的刹那,天上忽然下起小雨。并越来越大,终至滂沱。临近找了一家咖啡馆,点了杯咖啡,无所事事。翻出青山七惠的书,甚是应景。书很薄,大约也就三五万字。读起来也很顺朗。

素来是不很爱读外国文学的。对翻译一事多有偏见。总想着,汉语跟外语相差甚远,猜想着翻译过来的文章多半会与作者笔下本来意境相差不小。当然,这也是必然的。但是语言之间的亲疏远不似我想得这么简单。而我大抵也只是不那么信任时下多数译者的工作态度罢了。

从事写作也有一些时年了。对出版方面的事情也算是有些了解。前些年有则新闻,说某个译者一年翻译产量十分惊人,其翻译质量

必然是令人怀疑。于是，时间久了，便愈发排斥外国文学的中文译本。虽然读得少，但见到好译者、好封面的书，还是要买的。

只是这本“好天气”被读时已距它被搁置书柜两三年有余。过了如此漫长的时间，它方才被我拆封阅读。如同一坛深埋岁月雪藏数年却被遗忘的好酒。待哪日再巧遇，心中必有盛不可诉之悦喜。

小说写得味寡。无骨无肌，清淡似水。但也有其妙处。仿佛是听女主人公知寿小姐在说话，就坐在你对面，喝着一杯咖啡，时不时撩起散落耳边的发。对你说：从前，那年，其实，后来，唉。自然，此时，她已好有风韵，不似昔年。

所对你说的，也都是往事了。

这些往事被青山七惠写得仿佛漫不经心，却又实在是郑重其事的。少女叛逆，与单身母亲关系疏离。自幼不懂父爱。内心顽劣。书，是不想去念了。还要去大城市，去东京。全然无惧谋生之艰苦。在她看来，人生就理应是要这样颠沛出来的。

知寿小姐在东京有个不常联络的亲戚。是她母亲的舅母，也就是知寿小姐的舅奶奶，吟子女士。吟子是临近生活尽处的老人了。老人，多半都是充满智慧的。孤身一人去东京，与老妇人的同居生活，对于知寿而言，大抵是寂寞得要命的。

只是，这生活之庸常难以想象。就连爱情，也是乏善可陈，毫无趣味。工作也不过是那样，需要兼职，并不轻松。日日夜夜，如此反复。生活，总是如此空乏无味。她羡慕吟子，甚至也羡慕母亲。可是，老去的吟子又说，你现在的时光才是最好的时光。

青山七惠写的不是故事、不是小说，就只是生活。真实到你以为你不是在阅读，你是在感同身受。打开了身体所有的感官，以为自己就是知寿小姐的邻居。甚至都不曾刻意关注过知寿或是吟子什么，只是，偶尔见到她，跟着吟子，还有一些旁的人，来来往往，罢了。

若是有一日，我亦能得如此机缘，也当一回“知寿”，重新来过。无知少年，孤身离家，来到鼓浪屿寄居。与一鹤发老叟同住一室，日日与之共食共饮，也与他谈说忧思与欢喜。平日里，也择几日与他同出同行，去鼓浪屿散步、喂猫、坐轮渡。

不写作，去谋生。当个酒保，或是售货员，也可以去一家僻静的咖啡馆里煮咖啡。也许，亦会谈几段感情。爱或不爱，不去追求，只是两个人，做个伴，说话，养狗，依偎。又哪怕，只单纯相聊慰寂寞，亦远亦近，亦亲亦疏。

夜深无寐的时候，怯怯跑进老叟的房里，偷一包好烟，拿几本书。跑去鼓浪屿的海边，坐在路灯下，借着光读几页文章，抽掉几根烟。然后，暗地里偷窥老叟的黄昏恋。最是寂寞难耐之时，方才忍不住去写一本叫作《一个人的坏天气》的书。

这样的岁月，定是静好温柔。

书读完时，恰逢雨停。出门已日暮，转身走上去往旅馆的小路。路旁是鼓浪屿的繁茂大树和热烈灼眼的凤凰花。回到旅馆，才发现，书被落在咖啡店。也不想去取，只叹息，与它的缘分，许也只能是初读不复再见的一段下午时光。再见不如怀念。

如此，也好。

时光列车

鼓浪屿的一夜一日。

仿佛是岛外的一生一世。

而今，鼓浪屿，虽是脂粉气浓烈，却仍旧风情万种。昔年的小家碧玉，落进时光里，总要沧桑，并日渐老去。“惟草木之零落兮，恐美人之迟暮。”最好的结局便是，仍有人对她恋慕执迷，并从老旧的尘埃里看见她昔日的纯净和朝气。

大约是在宋末元初之时，有一李姓男子，打鱼为生。不知因何缘故，某日，他乘船漂流远行，行至一处荒岛。如入桃花源，只见此岛花繁柳绿，鸟鸣如歌，遂起恋慕之心。想着，若是能在此处，携爱人孤静长居，实在是件好浪漫的事。

他们盖一间小屋，打鱼种地，养禽喂猪，莳花种树，春耕秋拾。后来，又有旁人闯入，偌大一个岛屿，也是无法占地为王，唯能与之共享了。时日长久，来此小岛的男女渔民愈来愈多。到了明朝，郑成功收复台湾之时，以此岛为据点练兵扎营，使之扬名。

于是，又有了黄姓人家、洪姓人家。

再后来，又迁来叶家、陈家。

昔日，一个海水寂寥的小岛，日渐热闹起来。使原本好平静的一个世外桃源，寂静终被打破，有了人烟。一块朴素美极的土地上，开始笼罩着人畜生机与俗尘烟火。彼时，因岛屿之轮廓近似圆形，它便被叫作“圆沙洲”或是“圆洲仔”。

“那时，手提、肩挑、走街串巷的小商贩声调不一，此起彼伏的吆喝，成了热闹的点缀：凌晨，有卖油条、豆花、豆奶、碗糕粿、豆包仔粿、煎糕、炸枣、面包、鸡蛋的……日里，有卖瓷碗、笊篱、竹刷、烘炉扇……也有补鼎、补锅、补面桶的……夜里，自有卖烧肉粽、芋包、鱼丸汤、扁食汤的……”

旧时热闹大约也就如书里所写这般了。

鸦片战争之后，岛上又来了洋人。与黑眼睛黄皮肤的中国人不同，他们长着碧眼金发，高挺的鼻梁与身型看着总要凶悍几分。岁月迁变，来去的人族日渐喧嚣，连异族的人也要踏破铁蹄，在此处留下一些痕迹。

洋人来到此岛，除却战争耻辱与不公平对待华人之外，对此岛屿的建设本身依然是有裨益的。伴随洋人而来的西方教会为发展信众，先后在岛上筑造了大小教堂数十座。又建有宗教书店、医院和教会学校等。

而今的鼓浪屿日光幼儿园的前身——怀德幼稚园，创建于1898年，清光绪二十四年，是中国最早的幼儿园。彼时，鼓浪屿的学校

众多。包括幼儿园、小学、中学、师范，以及各色宗教学校。药店、米店也是多不胜数。霎时，仿佛果真使小岛民众走出了封建社会，一派繁华。

再后来，此岛沦为“公共租界”。混战年代，租界地带总要相对安全。租界外，征伐死伤不断；租界内，舞厅、洋行、领事馆，依然酒绿灯红、金迷纸醉。庆幸当时“工部局”贩售地皮，本地华人富商也得此际遇在岛上兴建别墅。为普罗大众造福，填海、铺路、修码头……

后来，抗战爆发，小岛再历战火。厦门沦陷之时，小岛难民多达 11 万人。日军暴行之下，死伤民众难以计数。是这样历尽繁华、又历尽苦难的一座小小岛屿。但岁月宽宏。抗战胜利之后，“公共租界”被收回，改设“厦门市鼓浪屿区”。

几度春秋来又去。洋人已不在，日本人也走了。就连当年声名煊赫的富商华人也已作古。小洋楼日渐斑驳，西式别墅亦已老旧。小岛昔日繁华散尽，唯有——红花绿树如旧，海水蓝净如旧，那一群孤僻多福的猫，慵懒如旧。

从钢琴码头走到英国领事馆。又从日本领事馆走到天主教堂。从许家园走到林氏府。又从李清泉别墅走到了毓园。从大北电报局走到荷兰领事馆。又从春草堂走到汇丰公馆。所谓“春梦觉来心自警，往事般般应”，感触如是。心下惘然。

回到旅馆，查阅鼓浪屿相关历史。见一幅老照片，当中是旧年工部局的一群洋人巡捕，正襟危坐，很是端肃。便想，民国时，这岛上，是否也曾有那么一双人，一如王家卫镜头下的梁朝伟和张曼玉，上演着一出生死爱恨的戏码。

在洋房相遇。
在教堂相聚。

伴岁月萧萧。
趁此身未老。

彼时，日落黄昏。旅馆的狭小房内充斥着昏默的日光。窗外是，发情的流浪小猫厉声喵叫。来敲房门的，是旅馆隔壁的干洗店小妹。一身青草绿的工作服，马尾束在脑后，面上零星的雀斑很是好看。她说：先生，你好，这是您昨日送洗的衣物。

声似鼓浪屿的黄昏夕阳。

温柔。
沧桑。
又有力量。

带着孤独旅行

旅途中的孤独，是最好的孤独。

行旅在外的人，总有那么一刻，即便短瞬，会觉得孤独。孤独与寂寞又不太相同。寂寞是阙如、是不得、是失去、是隐秘的欲求，是难以面对，是不可分担。孤独是一种平静、一种淡定、一种无所依无所念无所求的本分，是人的天性，可以示人，甚至是可以积淀、历练、打磨并以之为私趣的。

一个人，在鼓浪屿散步。只需要一部相机、一盒烟、一本书、一瓶水。甚至，两手空空，凭心徒步。懂得与孤独温柔相处，是当中至为重要的一件事。

适合独自散步的地方不少。令人沉迷其中甘愿与孤独相伴的不多。鼓浪屿是一个。大约是因为有着往事丰盛的一间一间的旧房屋和一栋一栋老别墅，方才令人觉得徜徉当中，所遇之孤独亦好迷人。世间所有相遇，都是久别重逢。大约，前一世，我亦曾在鼓浪屿出生、成长、生活、老去。

鼓浪屿拥有千余幢老别墅，其中包括号称“鼓浪屿十大别墅”的著名景点：八卦楼、黄家花园、海天堂构、黄荣远堂、容谷别墅、林氏府、金瓜楼、番婆楼、杨家园、汇丰银行公馆。斑驳建筑，皆透露出一种亲切与温柔。

鼓浪屿的每一条路、每一幢老别墅的背后，都有一段悠长故事。往返数次亦不觉疲倦的鸡山路最是孤静。静到你以为你看到的一棵树、闻过的一朵花，迈出的一小步，都是漫长的一辈子。是时，我走到这里。鸡山路 16 号。殷宅。

一片茂密绿荫之中，藏风纳气。一座宅，一家人，一道通往曾经和从前的大门。殷宅是著名钢琴家殷承宗年少时的家。而今，殷老已是花甲之年，昔年的往事再被提及，亦已是空空冷冷，不复再来了。殷老的家庭背景略微复杂。甚至是，讳莫如深的。

父亲是殷雪圃，当年曾是日本人扶持的厦门劝业银行的首任董事长，在外名声自然是不好的，甚至一度被爱国人士围追刺杀。除此，殷老的母亲又非是父亲的正妻，旧时嫡庶尊卑观念依然是很浓重的。甚至，是要影响一生一世一辈子的。

殷宅，昔日叫作“圃庵”。圃庵上下皆是由殷老同父异母的兄弟殷祖泽亲手设计的。殷祖泽是殷雪圃原配夫人所生，彼时在殷家人的眼中自然是要身份尊贵几分的，自幼也是宠冠殷家上下。殷祖泽学习好，留洋美国，学习土木工程。学有所成归家之后，最大的贡献便是设计这简洁又不失富丽的圃庵。

可惜的是，殷祖泽薄命，英年早逝。三十岁那年，因肺结核去世。

总说，人命天定。张爱玲说过类似的话，总说爱一辈子，好像生老病死是我们掌控得了似的。何时聚，何时散，何时生，何时死，当真是不敌天命的。

殷家人才济济，殷老的姑妈殷碧霞亦是才女。是厦门大学第一任校长林文庆的夫人。殷老与钢琴的不解之缘也要从殷碧霞说起。当年，殷碧霞搬家，钢琴笨重又金贵，搬运不便，就寄放在了圃庵。于是，殷承宗便得有际遇与之相伴，度过童年时光。

旧式家族人丁总是旺一些，不比今日独生男女，唯能左右手相依，独自挨过幼嫩的时年。但旧时又有好多规矩。一夫多妻，嫡庶有别。每一房自成天地，争分父泽，母子相依为命。出生于 1941 年的殷承宗便是不受器重的庶子。少时，总是好孤独。

孤独的人，敏感、细腻，在文艺方面或有些天赋。殷承宗又常孤自练琴，这琴声，时日久了，也越发动听了。六岁那年，他已是好擅长弹钢琴这件事。中外名曲，触手便就。九岁那年，又在毓德女中的学校礼堂举办了个人钢琴独奏音乐会。彼时，他已是当时鼓浪屿好出名的“钢琴神童”。

而后的人生，他耽于此，沉静度日，步迹也便因循下去。生活始终孤静。十四岁，考入上海音乐学院附中。十六岁，考入中央音乐学院。十八岁，他以满分的成绩拿到了自己人生当中至关重要的一个音乐奖项——第七届维也纳世界青年和平友谊节钢琴比赛金质奖。二十一岁，又获“莫斯科第二届柴可夫斯基国际钢琴大赛”亚军。

1965年，殷承宗毕业于中央音乐学院，到中国中央乐团担任首席钢琴演奏家。“文革”时期，殷承宗亦是身陷患困之境。他糅杂中西音乐，一曲样板戏《红灯记》的钢琴伴奏，令他悄然脱困，声名大震。生死天定，运数由人。

鼓浪屿十大别墅之一的鼓新路八卦楼的原主人林鹤寿昔年运命又是另外一种。是只为了这一幢楼，他便散尽家产，却终未能如愿。僻居海外之后，最终竟是经日本人之手，这一幢八卦楼方才竣工。而今，昨日故事老旧，八卦楼亦不再是民居，成为“鼓浪屿风琴博物馆”。游人络绎，正很热闹。

热闹的人，会有孤独的梦。林鹤寿如是。

而孤独的人，梦想并不静僻。殷承宗如是。

殷宅常年闭锁，入内参观的机会少之又少。离开殷宅时，四下无人。忽有一只流浪小猫蹿过，身影矫健如飞。跃入草丛，消失不见。与之擦肩，不及一个照面。便在想，孤僻的猫族常年独行独往，是否也有过那么一个瞬间，会觉得孤独。

还是，从来，它们便就以之为好。无牵无挂，无羁无绊。连死，亦不欲为人所知。仿佛，从不曾有过这一世。猫生一世，仿佛也是很好的。寂静至死。若能有一日，避居世外，闲云野鹤，朝莳花草暮莳树。一间茅屋，一口井，一只猫，一生一世。也是美妙。

是以，我说：

孤独，要趁好时光。

林语堂的爱情小事

漳州路。44号。廖家别墅。

林语堂曾在这里。

而今，这里是沧桑了。绿树蔽日，斑驳无依。年久失修，如落魄的故人。安静，又沉闷。一如这庸常的生活里许多漫不经心的空洞时辰。坐在廖宅门口的宽阔石阶上，我忽然想起赵薇。那年，她已出落得颇有内蕴，电视剧《京华烟云》里的木兰，也是活得铿锵有力、掷地有声。

林语堂自己对《京华烟云》的定位是："（它）既非对旧式生活进赞词，亦非为新式生活做辩解。只是叙述当代中国男女如何成长，如何过活，如何爱，如何恨，如何争吵，如何宽恕，如何受难，如何享乐，如何养成某些生活习惯，如何形成某些思维方式，尤其是，在此谋事在人、成事在天的尘世生活里，如何适应其生活环境而已。"

其实，他在意的就只是

——

活，活着，活下去。

这件事。

1895 年，林语堂出生在福建漳州的一个基督教家庭。十岁，来到鼓浪屿，在养元小学就读，后升入浔源书院。十七岁，到上海读大学。林语堂说："我与西洋生活初次的接触是在厦门。我所记得的是传教士和战舰，这两分子轮流威吓我和鼓舞我。"

在鼓浪屿的年少生活，使林语堂有了开阔的眼界和心胸。虽然耀武扬威的外国人也给林语堂留下了恶劣的印象。林语堂说："我们人人对于外国人都心存畏惧。……外国的商人，头戴白通帽，身坐四人轿，随意可足踢或拳打我们赤脚顽童。"

在上海，林语堂就读于圣约翰大学。后来，回厦门娶妻不久，便携妻子一同赴美深造。在与妻子结识之前，林语堂也曾历经一二女子。当中便有厦门巨富的千金小姐陈锦端。只是林家清贫，眼界势利的陈父硬生生阻断了这一段姻缘。

廖宅庭院里有数株高大白玉兰。玉兰之香，如同老酒，深沉，迷醉。令人心悦。林语堂就是在这里结婚的。妻子是廖家二小姐，廖翠凤。虽是在父母之命媒妁之言下，完成了婚姻这桩事情，之于他而言，也算是草率了，但其人谦恭有礼，待人待事，态度皆好端正。

林语堂之慧根，常人不能及。他擅长发现美。美好的人，美好的事，美好的瞬间与片段。他有很是美好的爱情观。与夫人，是先结婚后恋爱。耽于发现婚姻的温柔、美妙，保持婚姻的忠诚、长久。现下男子，多半不可与之相比。

1919 年，1 月 9 日。真是个吉日。仿佛是寓意长久又长久。林语堂与廖翠凤在教堂举办婚礼之后，入廖宅办了婚宴，是以礼成，做了结发夫妻。倒是之前，林语堂也曾挣扎，并有意拖延婚期，但廖翠凤对他情有独钟、矢志不渝。廖母甚至提醒她林家清贫，但廖翠凤说："穷有什么关系？"

廖翠凤是尘世女子，内心清明，又张弛有度。林语堂也说，自己要的不是什么才女，只是一个心意安稳能与之携手到老的贤妻良母。廖翠凤就是。无论你有多好，世上总有一个人不爱你。无论你有多差，世上也总有一个人恋慕你。对的时间遇到对的人，是最重要最美妙的。

忆及当年婚事，林语堂说："婚礼是在一个英国的圣公会举行的。我要到新娘家'迎亲'……举行婚礼时，我和伴郎谈笑甚欢，因为婚礼也不过是个形式而已。为了表示我对婚礼（这种形式）的轻视，后来在上海时，我取得妻子的同意，把婚书付之一炬。我说：'把婚书烧了吧，因为婚书只有离婚时才用得着。'"

真是浪漫。

林语堂还说，"婚姻就像穿鞋子，穿的日子久了，自然就合脚了"。婚姻之道，林语堂大约最是精晓。他英姿飒爽，盛名在外，却从不曾有风流际遇，与夫人一相伴便是一辈子。愿得一人心，白首不相离。廖翠凤幸运，她遇见了林语堂。

说得真是好。婚姻这件事，我不曾经历，也不打算经历。但说不定，哪日遇见某个好女子，知心知意，看着便就觉得是不应该错过的，也就与之远居相伴，结婚生子，过完这辈子了。

林语堂这样评价自己的婚姻——“我和我太太的婚姻是旧式的，是由父母认真挑选的。这种婚姻的特点，是爱情由结婚才开始，是以婚姻为基础而发展的。我们年龄越大，越知道珍惜值得珍惜的东西。”

七年之后，夫妻二人重返厦门。1926 年的夏天，他应厦门大学林文庆校长之邀，到厦门大学筹办国学研究院。夫妻二人重居鼓浪屿廖宅。只是遗憾，虽对这方水土眷恋颇深，却终究是情深缘浅，不足半年，不得不因学校教师派别之争再次离开。

而今，廖宅与林语堂已相去八十载。是老旧又悲伤。林语堂不曾细写过廖宅，只是在与妻子结婚五十周年纪念日时，送给了妻子一枚胸章，上面刻写着一首题为“老情人”的诗：

同心相牵挂，一缕情依依。
岁月如梭逝，银丝鬓已稀。
幽冥倘异路，仙府应凄凄。
若欲开口笑，除非相见时。

青山美人两依依。旧人旧物皆已不在，但旧情旧爱从未离开。

前些时日，从熟识的出版方那边购得一套林语堂精装典藏文集。封面素净大气，至为典雅。我读书不足够，依然求书若渴。读到这一句时，我仿佛又看见这年盛夏我独坐廖宅门前，享受一杯咖啡的下午茶。

你说：

如果我会爱真、爱美，
那就是因为，
我爱那些青山的缘故了。

一天，一天

傍晚，与旅馆老板聊天。

谈的多是鼓浪屿的旧人、旧事、旧时风物。鼓浪屿最迷人的除了海光水色，大约就是那些斑驳又琳琅的旧物了。自然，旅馆老板也跟我讲了鼓浪屿几处老别墅的典故。总忍不住写老建筑，今次也一并在此记下，借着昔日鼓浪屿的夕阳西下。

容谷别墅。

听说它当年好风光。昔日的主人菲律宾华侨李清泉，是当时著名的“木材大王”。李清泉是商业奇才，一生颇有建树。办学校，修路，开银行，采矿，组织“菲律宾华侨抗战委员会”。对造福厦门子民和菲律宾华侨，不遗余力。虽一生大部分时间在菲律宾度过，但在鼓浪屿留下的这一座“容谷别墅”至今为人爱赞。

1889 年，李清泉出生于福建石圳。少年离乡，随父去往菲律宾学习经商。十四岁便接受家族企业，可见其经常天赋非同寻常。不足而立之年，便已享誉菲律宾商界。抗战期间，李清泉身患糖尿病，但依然奋力筹款，四处奔波，组织抗战。

1940 年 10 月 27 日，病重离世。终年 52 岁。临终前，李清泉说要将自己的十万美元遗产捐献祖国抚养难童。马尼拉侨团和其生前好友也筹款四十万美元创建了救助难童基金，以示纪念。身前荣光昌盛，不抵身后人人念想。

成功男人背后必定有一位不俗的女子。李清泉的夫人名叫颜敕。容谷别墅的筑建与颜敕的关系颇大。大约是因着她对这方土地热爱至深的缘故，纵在鼓浪屿居住的时间并不长久，但她依然有如此愿望，能在这里落地安家，安稳度日。

1926 年，容谷别墅开始筑建。亭台楼榭，山水交映，又有西式雕塑和沧桑古木，实在是一处上佳的林园。密缝清水红砖配完整花岗岩门窗长框，优雅大方。在整座别墅的设计和筑建过程当中，颜敕也给予了相当重要的意见，品位不俗。

但丈夫李清泉到底是忙碌。所以，颜敕大约时常会想，若是能在鼓浪屿筑建一个宅子，与丈夫僻居。无庸常琐事困扰，无欲望野心逼诱，无人心顾盼累赘，做一对平凡夫妻，定是最好的。

林氏府和菽庄花园。

时日傍晚，旅馆老板特地领我去看了它一眼。鹿礁路 11~19 号，林家别墅。当年的台湾首富林维源来此避难。历经战乱，愿在此处寻得安宁。于是，携巨资在鼓浪屿盖了别墅。林维源本有两处房产，俗称大楼、小楼。但时年历久，皆已残败破旧。

林家从台湾徙居厦门之初，只是居住在普通的大厝。但厝旁小

巷窄仄，出入不便，便迁至鼓浪屿，从洋人手中购得一处花园洋房，即是当时的鼓浪屿林家公馆。后因家族人口众多，方才有了大楼和小楼。

大小楼而今虽已是美人迟暮，但所建位置实在是好。临海风光不胜美妙。大楼亦是从洋人手中购得，小楼是林维源新建而成。后来，即 1915 年，林维源之子林尔嘉在大小楼中间又造筑了一幢八角楼。三幢楼连成一气，成为气派的“林氏府”。

建筑之美，在于一岁一枯荣的往事历经之丰沛。或是，曲水流觞、雕梁画栋的鬼斧神工。八角楼的整体规划、设计也是林尔嘉不惜代价远从法国请来的设计师操刀完成。门前彩色卵石小径迂回，双旋台阶，方柱拱券。券内是阳台通连中厅。幽静亦实用。而今，也唯有中间这一幢八角楼风韵犹存。

林尔嘉学贯中西，颇有才华。又热心公益，在当地很有声望。宣统三年，被任命度支部（相当于而今的财政部）议员；民国时期被选为中华民国参议院候补议员；1915 年担任厦门市政会长，且连任鼓浪屿公共租界工部局董事会华人董事长达十四年之久。

1913 年，在筑建八角楼之前，林尔嘉花费巨资开始了菽庄花园的筑建工程。菽庄，是林尔嘉的别字。林尔嘉是风雅之人，造筑菽庄花园时亦是用心良苦。菽庄花园与台北隔海相望，是林尔嘉故乡台北板桥的林家花园的摹本。林尔嘉在《建造菽庄记题刻》当中不时透露出“东望故园，辄萦梦寐”之乡情愁思。

菽庄花园分为“补山园”和“藏海园”两部分。补山之胜，藏海之宽。国破山河碎，草木皆故人。时代造就人。林尔嘉之风雅情怀尽寄草木，也实在是乱世之无奈。而今，菽庄花园依然人来人往，但都是过客，不是归人。

据说，当年林尔嘉富贵尊荣，爱慕他的与他所爱慕的女子，总不在少数。他也是雅人风流，曾纳美妾六人，妻妾拢共七位。在鼓浪屿的时光，长达四十三年。大半生与如鼓涛声相伴，与扶疏绿木为邻，实在也算是浪漫了。

1938 年，厦门沦陷之时，林尔嘉的正妻与二姨太皆已过世。林尔嘉便携四姨太、五姨太和六姨太重返台湾板桥。唯有他的三姨太孤自请愿留下与空荡老宅相伴。也不知老人当年心中所念想、所恋慕之细微，大约她实在是个念旧又念家的人。之于她，到底台湾是异乡，是遥远些了。

后来，她独自生活，莳花种树，收养流浪猫。内心静如晨曦。如斯女子，当真也是值得林尔嘉许她终身与之相爱的。只是遗憾，她执念的总不只是那年轻岁月里的朝夕。一个男人，一群猫，一些花花草草，一个家。妻妾成群的扰闹终归是不好，她想。

因此，她选择故园里生、故园里死，故园里相爱、故园里别离。选择无色亦无味、无调亦无音、无来亦无往的朴素暮年。哪怕是，青灯如寂。哪怕是，光阴背离。哪怕是，老无所依。哪怕是，与他此生不复再见，来生亦不能相恋。

往事以外的一日慵懒。

其实，许多事情在哪里都可以做。

只是，在不同的地方心意亦不同。

譬如。那日，坐在旅馆的花园里晒太阳，与店主家的金毛猎犬玩耍了整个下午。又借着旅馆的 Wi-Fi，重温了安妮·海瑟薇演的《一天》。也是在这部电影里，我初识了吉姆·斯特吉斯。后来，看了《云图》，里面也有他。

譬如，那日，与旅店老板漫不经心的聊天。从夕阳西下，说到月上树梢。从李清泉的容谷别墅，说到林尔嘉的菽庄花园。从他热爱的村上春树，说到我迷恋的本·卫肖。从陆游的“红酥手，黄縢酒”，说到白居易的“何日更重游”。

在鼓浪屿，一定要过上这样的一天。

或，看一部电影，讲述温柔与悲伤。

或，怀抱睡意等夕阳西下、日落漫长。

或，与陌生人说说过去与曾经，闲话家常。

最重要的是，一定得：

坐在藤椅上，无所事事地晒太阳。

素式女子

三联书店出过一本书，《也同欢乐也同愁》。

是陈寅恪的三个女儿陈流求、陈小彭、陈美延顾念父母的回忆录。大致从亲从近地回顾了陈寅恪、唐筼夫妇的一辈子。陈寅恪才名鼎盛，是近现代史学巨擘。但“文革”时期历经磨难，僻居鼓浪屿之时，正是人生暮年谷底。孤自与天地为依。而这当中，最珍贵的，莫过于，他遇见你。

——黄萱小姐。

黄萱，是鼓浪屿首富黄奕柱的女儿。是原配夫人王氏所生。1919年，是在林语堂与廖翠凤结婚那一年，印尼华侨五十一岁的黄奕柱携巨资归来，在鼓浪屿置地安家。又从老家将老母亲接来同住。时年，黄萱九岁，和母亲也一同迁居至此。

彼时，黄家可谓是财势倾天。但是黄奕柱为人开明，又有修养。对子女的教育也是良苦用心，十分注重子女文化修养的教育。黄萱没念过大学，但父亲在家里专门为她重金延请了一批硕彦名儒做导师，施教经书格律。

及笄之年，黄萱已是内心独立的磊落女子。对婚嫁一事，自有追求。黄萱坚信，自己未来的伴侣必须是有学识有胸襟又正派的有为青年，对纨绔子弟和富家少爷素来是不作考虑的。后来，经人介绍，她与周寿恺相识。

周寿恺，出身名门。父亲周殿薰是清末吏部主事，后担任厦门图书馆第一任馆长，又是同文中学的第一任华人校长。也是书香门第。1925 年，周寿恺考入福州协和大学，次年入燕京大学，三年之后，医学预科毕业。1933 年，成为北京协和医学院医学博士，是知名的内科专家。

不久，周黄两家定下婚约。但大婚那日，周寿恺临场离阵，留下黄萱孤自一人尴尬面对迎来送往的宾客。一如林语堂。在那样一个年代，进步青年总对父母之命媒妁之言促就的婚姻心有抗拒。大约都以为此行是极不可取的。各种原委，而今已然不可尽知。

倒是黄萱果决，一封短笺寄达周寿恺，表示此生不与之论婚嫁。魄力、豪气皆不是寻常女子所有的。大约是因这一举动，周寿恺反倒觉得此女子不可小觑。一来二往，便生出真心真意来。好事不言迟暮。1935 年 9 月，二人终成眷属。

黄萱一生所遇之男子，至为重要的只有两位。一是与之执手不离、相伴白首的丈夫周寿恺，二便是共卷诗书、两心相通的老人陈寅恪。而他们，已足够令她一生丰盈、饱满，花开满树。

遇见陈寅恪的那一年，是在 1950 年。先生在中山大学任教。黄萱好学，仰慕先生已久。听闻先生在家讲课，便邀侄女秀鸾同去。黄萱安静，也不为此际会书下只言。倒是秀鸾曾记下几笔，说先生一袭长袍，肤色白，长脸高额，“可惜本应闪烁智慧之光的双目，没有表情，似乎是迷茫一片”。

真是伤感。

遭逢乱世，赤子心身也不足够。彼时，周寿恺已是岭南大学医学院的院长。经院中同事介绍，黄萱得以来到陈寅恪身边，试任助手。当时，陈寅恪双目失明，工作不便。纵如此，黄萱谈吐依然令老先生记忆深刻，知其是真正“门风家学之优美”的女子。遂成此事。

当时，老先生孤境自处。门徒分离，皆避嫌不愿与之亲近。唯独黄萱心思澄净。不思其他，只慕先生学问。不管门外风声，甘愿与之相伴，担当先生左右之手。黄萱为先生工作时间长达十三年。也是在这十三年间，老先生完成了晚年几部重要著作。包括《论再生缘》《元白诗笺证稿》《柳如是别传》等。

后来，先生搬家，在周家楼上。

其时，而今想来当真是一派风雅。白日里，黄萱上楼与先生工作，许也顺便带上亲制的点心和香热的咖啡。傍晚十分，黄萱在家读书，先生在家抽烟，许间或彼此还会在窗边楼上楼下地聊上几句。自然，也或许是君子之交，淡静如水。工作结束，便互补相扰。1952 年 11 月，

中山大学正式聘请黄萱为陈寅恪的兼任助教。

1995 年三联书店出版的《陈寅恪的最后二十年》里，著者陆健东写：“带着浓浓旧时王谢人家痕迹的两户人家，以礼相待，挚诚相见，人生品位俱同，更因黄萱已为寅恪先生工作这一层面而有更多共同的语言。芳邻的温馨，人情的暖意，给了陈寅恪先生有继续的欢乐。”

再后来，周家搬了。

1954 年，夏。周寿恺任职华南医学院副院长，迁家至厦门市区，距先生的家有十公里的距离。旧时交通自然不如今时便利，黄萱来回需要三四个小时的车程。黄萱担心影响先生的工作，便打算请辞。但先生这样对她说：“你去了，我要再找一位合适的助教也不容易，你一走我就无法工作了。”

陈寅恪一生悲欣交集，两分难，三分欢，四分孤独，一分伤。先生此话一出，黄萱分外感动。她不曾经想，自己在先生心中，竟已是如此备受看重。自然，她是不能弃他不顾的。继续留在了先生身旁。

关于黄萱与陈寅恪，作家韩石山曾写道：“外人或许会说，黄萱能给陈先生这样的学界泰斗当助手，青史留名，真乃三生有幸。此话诚然不谬，但反过来，陈先生能得到黄萱这样的助手，又何尝不是枯木逢春，有幸三生呢？”

听闻鼓浪屿的漳州路上有一处别墅，是黄萱昔日旧居。虽不曾得见它的风度，但想来，也是黄萱之父鼓浪屿首富黄奕柱的房产之一，必定是不能落魄的。只是，数十年过去，难免风霜老旧，寂寞了些，斑驳了些。

倒是有幸得见黄家花园。晃岩路 25 号。黄奕柱当年兴建的这座黄家花园占地 4500 平方米，有“中国第一别墅”之美誉。散步其间，仿佛回到民国时代，以为转角便见身着素色旗袍，手执油纸伞的端庄女子。而今的黄家花园，如若一个心上盛满故事的老人。

岁月老静，风雅长存。

月上柳梢头，人约黄昏后。也不知，那年，黄萱小姐，是否也曾与丈夫周寿恺并肩走过我脚下的石板小径。或是，陪同陈寅恪和唐筼夫妇二人，一起在园中的香樟树下小坐，一壶茶，几本书，度过一个闲惬的下午。

文艺这一行总要有人做

曾与爱人说，以后想去鼓浪屿开一家旅馆。一楼开置一个小的咖啡馆，二楼以上是客房。要有花园。花园里要有秋千。有书，有电影，有音乐。资金足够，也可以再附设一间酒吧。酒吧叫作“Call Me Daddy Wong”或是“隐忍生活”。

是这样幻想的。

鼓浪屿，仿佛是一名身着波西米亚长裙，波浪长发披肩，裸足浣纱的妇人。是西施，也是三毛。根基是有的，内蕴是有的，美貌也是有的。只是四下顾盼，难免失了骄矜。但又饱蘸世俗烟火，生命力顽强，是美人不肯迟暮。

鼓浪屿的文艺小资标签浓重。造作痕迹是有的，但趣味仍是不少。小商铺，小咖啡店，小旅馆，小酒吧。琳琅满目，虽是商业味好浓重，但也颇热闹。龙头路最是密集。挨家挨户皆有一番誓要与你讨好的味道。但到底，原住民少了，繁华背后，是苍凉。

用舒婷的话说——“成为拥挤的旅游区后，鼓浪屿不可避免地正在消耗人文色彩与古典魅力。谁来管这事？怎么管？争议很多。于是不断开会、研究、听证。不堪其扰且生息不便的原住民渐渐迁走，因无力修缮被迫放弃的老别墅更加颓败，把一个世纪的精美绝伦，密码一般，破碎在苍凉的断垣上。”

厦门那家“赵小姐的店”知名度高。也曾入内观赏、喝咖啡。只是所去的鼓浪屿龙头路的那一家难免聒噪些。店内装修很是清淡、雅致。青黄的色调，如日照，很有情调。只是，情调这个东西，实在是好难把握拿捏的。最难的，永远都是分寸这件事。

赵小姐的店，做得好。最好的还是店名。私趣味的店名总是要文艺几分。店内有一句广告词：“关于赵小姐的传说至少有三个版本，都与一段终无结局的爱情有关。”真是妙趣横生，令人忍不住遐想。

但这大约也是店主的营生手段，知人心意，知人趣味。每个人心里都有住着一段矫揉造作的爱情往事。只是说穿了，就煞风景了。倒不如当个迷惘的看客，假装无过去无将来，只是与它偶尔邂逅，坐下来，听一听它不知真假的从前。

赵小姐的店主要贩售闽南茶、咖啡和一些工艺品。工艺品是一定要有的，每一家妙趣的小店铺一定要有各种可人的小玩意儿修边修幅。最好是私藏的，旁人没有的，这样最是美妙了。看客们，也必然多停留，多赏玩，多宣传。

那么，赵小姐是谁呢？

有人说是店老板的祖母，有人说是店老板的女人，也有人说是

dream
Pain
life
drug
everything
hope
nothing

店老板的情人，还有人说是店老板自己。但这些，其实都不重要的。重要的是，你会知道，店老板这个人，很有情调。开咖啡店，最要紧的就是营造出一种漫不经心的精致。这是好难的。

但鼓浪屿的小店铺多半都是这样精妙。店老板们不常可见，但若一同约出来，定然是一群对生活有态度、文艺情怀浓重、有品位的男男女女。文艺这一行总要有人做。做得不好，顶多被人骂作矫情。要是做得好，那就是品位和格调了。

还有 Baby Cat，娜雅，黑猫餐厅，Judy's Café，十二生活旅行馆，Cantone，陈罐西式茶货铺，写给朱丽叶的信……各色咖啡馆、餐厅、小旅馆、小酒吧。当然，做得好与不好，其实也不是那么重要。重要的是，你曾经鼓起勇气，在鼓浪屿租下一个铺面，实践着年少时的文艺理想。

鼓浪屿是猫之岛、绿之岛、海之岛、往事之岛、文艺之岛。是行客们必须要去看一看的岛。也不知岛上的老建筑，还可以保存多少年；也不知岛边的海水，还可以昌盛多少年；更不知道，自己有生之时光还剩多少年。

年华那么烫，烟花那么凉。也不知，何日我再来。想着，下一次，一定要带上自己的爱犬，最好有爱人在侧。录一支歌，写一本书，最后住下来，开一间旅馆。在院中的秋千上摆荡。

岁月

昔年种柳，依依汉南。

今看摇落，凄怆江潭。

树犹如此，人何以堪。

人一生面临的选择十分之多。无从谈起的过去，无法预料的未来，都抵不过一个仓促的现在。人每一次的决定，无论大小，无论熟虑深思抑或是潦草随意，皆有可能改变其一生的运命。

来到林巧稚故居的时候，天有微雨。友人说，厦门常年好晴天，竟不知为何偏偏我来的这时令竟连有几日阴雨不绝。又听说，几日后还有台风来袭。当真是游不逢时。去往厦门之前，我恰好读过一些关于林巧稚的书章。于是，亲见林小姐故居之时，分外伤感。

不为别的。

只为她好孤独的一辈子。

1901 年，时值乱世。她出生于鼓浪屿晃岩路 47 号的一个基督教家庭。就是岛上人而今所说的“小八卦楼”。她是家中第四个孩子。上有长兄和两个姐姐。林母重男轻女，加之林小姐是家中第三女，

难免不受爱顾。倒是父亲不曾待她亏欠。

五岁那年，母亲病逝。

林母的过世对幼年林巧稚触动很大。生死实在是一件大事，以至于人本身竟不能做得了主。父母感情甚笃，母亲去世之后，父亲的身体亦不大如前，终至病倒。所谓“长兄如父，长姐如母”。自此，幼小的林巧稚便跟随长兄，由兄嫂抚养长大。

长兄待她分外亲故。彼时，家道中落，幸得长兄顾怜，方才有难得机会入学念书。为了照顾林巧稚，长兄不得不中断自己的学业，回到鼓浪屿跑船养家。1906 年，林巧稚入杨家园蒙学堂（即是而今的日光幼儿园所在地）念书。

1911 年秋，林巧稚考入鼓浪屿高等女子师范学校。林巧稚读书勤苦，学习优异。长兄为了供林巧稚读书，竟不得不让亲子退学。兄妹其情可叹。彼时，年纪尚幼的林巧稚便有一双巧手深得老师欢喜。一日，是在上手工编织课，林巧稚表现很是出众，老师便赞她：“手很灵，当个大夫挺合适。”

虽一句好轻易的话，但林巧稚记进心里。

念及幼年丧母之痛，林巧稚便想着，医者救死扶伤挽救人性命于水火，最是要紧。师范毕业之后，林巧稚便请示父亲，告之自己欲报考北京协和医学院之愿想。只是，医学院学时长达八年，费用昂贵。但林父开明，又爱女心切，不忍坏了女儿的理想。即便家境衰败，昂贵学费难以负担。

1921年，林巧稚二十岁。孤身离家北上，去上海报考北京协和医学院。彼时，林巧稚才思过人，应试顺利。若无意外，必定是要被录取的。却不想考试途中，一女友突然晕倒，林巧稚未作思量，毅然放下考卷，上前照顾。幸林巧稚此义举感动了主考官，加之已答考卷十分出色，得其悯顾，被破格录取。

是以，林巧稚考入亚洲最好的医学院。

离开了鼓浪屿，去往北京。

林巧稚家境不佳，学习十分刻苦。医学院八年学时，林巧稚的成绩始终在班里稳居第一。不仅拿到北京协和医学院医科学士和美国纽约州立大学医学博士学位，还是当年“文海”奖学金的唯一获得者。终于，她如愿成为北京协和医学院第一位毕业留院的中国女医生。

彼时的协和医院，女性除了担任护士，再不能担当其他职务。林巧稚却是成了该院头一位中国女医生。学无止境，林巧稚的求知欲望是好强烈的。

1932年，她远赴英国伦敦医学院和曼彻斯特医学院进修深造；1933年，又去奥地利首都维也纳进行医学考察；1939年，她再次远渡大洋彼岸，在美国芝加哥医学院攻读研究生；1940年，林巧稚回国，不久便升任为北京协和医院妇产科主任，成为该院第一名中国籍女主任。

当时，北京协和医院有这样一条规定：女性在聘任期间，不可结婚，结婚、怀孕、生育者，自动解聘。原本，大约也是为院规所限，但当林巧稚已是大成医师不受其所限时却仍旧未再婚嫁，这当中情由大约也只能归咎在她那一颗医者父母心之上了。

林巧稚对待病患孕妇，事无巨细。

林巧稚时常叮嘱学生和护士道："产妇把手伸过来，那是她太疼了，要抓东西，你让她抓什么呢？铁床栏杆吗？不行，那太冷了，你要把自己的手递过去。"是个好温柔、好贴心的女子。她的学生也常说："要是我们对病人说话稍微大点声，让林大夫听到，她会立刻从隔壁房间冲过来，责备我们。"

抗日战争爆发以后，身在国外进修的林巧稚多次拒绝国外知名学术机构的邀请，回到北京。太平洋战争爆发以后，虽同医务同人一并被侵华日军赶出医院，但从未断掉救死扶伤的念头。她独自在北京东堂子胡同开了一家林巧稚诊疗所，求助于林巧稚的孕妇络绎不绝。

对家境穷困的孕妇，林巧稚更是分文不取，甚至还会给孕妇留下"补身子的钱"。林巧稚的诊疗所经营不足六年，存有病案却多达

8887份，令人惊叹。抗日战争胜利之后，北京协和医院恢复运营，林巧稚重返医院任职。此后数十年如一日。

林巧稚与产妇之间，还发生过这样一个故事：

20世纪50年代，她曾接收过一个孕妇，孕妇被诊断身患子宫癌，子宫切除是最安全保守的方法。但此女子多年未孕，切除子宫，亦是切断了她成就为母亲、成就为一个完整女人的唯一念想。最后，林巧稚决定为她进行选择性剖宫产术，不仅取出了一个健康的婴儿，也治愈了女子的子宫顽疾。

事后方才发现，女子所患疾病只是罕见的妊娠期鳞状上皮高度增生，非是癌症。若不是幸遇林巧稚，她这一辈子必将变成另一番模样，伤憾一生。后来，女子感恩，特为孩子取名“念林”。

听来奇巧，其实，诸如此类的故事在林巧稚的从医生涯当中，发生无数次。以“念林”“爱林”“敬林”“仰林”命名的婴孩非是少数。林巧稚从医生涯，亲自接生婴儿数量多达五万有余。被誉为“万婴之母”。感念林巧稚医德的母亲，亦是数以万计。

1953年，林巧稚出席在奥地利召开的世界32个国家参加的世界医学会议，会后访问了苏联。1959年，她当选首届中国科学院唯一的女学部委员（院士），并被任命为中国医学科学院副院长。1965年，林巧稚主持中华医学会第一届妇产科学术会议。

匆急又忙碌。实在是好疲倦又好孤独的一辈子。连好好休息的时间都不曾有。当她被问及自己的感受，她说："现在病人对你说'我把生命交给你'，你还能说什么呢？你饿？你困？你冷？"

总有一种人，天性悲悯，慈航普度。

林巧稚，如是。

美国人约翰·S. 鲍尔士在其著作《西方医学在中国的宫殿——北京协和医院》当中这样写林巧稚："林巧稚在国民党时期的中国开始了优异的医学事业，而在中华人民共和国时期达到了顶峰。现在在中国，她被看作是一个医生女英雄……"

1978 年 12 月，林巧稚赴欧洲四国访问，在英国患脑血栓，回国之后一病不起，身体情况越来越差。1983 年 4 月，林巧稚病逝于北京协和医院。终年 82 岁。

离开之后，依照林巧稚遗愿，遗体献给医院作医学研究，骨灰抛撒故乡鼓浪屿海面，毕生积蓄亦捐献给了托儿所和幼儿园。而今，为了纪念林巧稚，鼓浪屿人在复兴路上修建了一座"毓园"。小径蜿蜒，蓊郁成荫。

那一年，她也是水湄伊人，年轻，貌美，才华横溢。一生数十载，走过的路，看过的风景，救过的生命，都放在心里。她不曾辜负岁月，唯有流年亏欠她。最遗憾的，大约就是，不曾有人与她并肩执手，告诉她，人生另一个走向上，亦可有满树花开和生死不弃。

从林巧稚故居，走到毓园。

一路上是：

海水孤寂，往事伶仃。

大岛·厦门

厦门散步

世间总有一个城市，令你如见故人，心下惘然。
世间总有一个城市，令你再三来往，义无反顾。
世间总有一个城市，令你左手欢喜，右手惆怅。
世间总有一个城市，令你想停下来，好好去看。

厦门之于我，就是这样一个地方。

它不同于拉萨，与我有一段敬仰的距离。不同于大理、丽江，与我有一道隐世的关隘。亦不同于成都或是故乡，与我肌肤相亲，是生死依归之地。在它那里，住着一种文艺情怀离合聚散皆自由相宜的梦想和面朝大海春暖花开的想象。

住着历史，住着未来。
住着爱喜，住着离伤。
住着文艺不死的喟叹。

百家村。华新路。环岛路。曾厝垵。中山路。思明南路。筼筜湖……每一条路，都是一本书。每一条路，都干净得让我数次摁灭燃着的烟头。环境是真的好。当然，也有几处意想不到的糟糕。世事难两全。只是，旅行这件事，一如爱情——看过的风景，爱过的人，

石敢当

放在心里就好。

忍不住要写几笔时，也往往会将不好的过滤掉。大约是每个人心里都仍旧相信这个世界其实非常美好。无论世事多么艰辛，哭过难过，持有一颗温静明媚的心，最是重要。而那些瑕疵与糟粕，沉入心底，时光无涯，终有一日会将它们消磨掉。

但终归，厦门在我心里，还是那么曼妙，那么好。也或许，对于厦门固执的喜欢，是因那一片海。自幼生活在江南，见惯的是小桥流水人家，亭台楼榭清茶。最盼望的，就是去海边，看看波涛和白沙。还有那些，赤脚打鱼谋生也不知能否日日安全归家照顾儿女的阿爸阿妈。

在环岛路闲逛，最是惬意。

见沙滩，便赤脚一路踩过去。留下两排足印，似孩童一般欢喜。潮水涨退仿佛一呼一吸，当中尽是身体与海的文章。诗意又流畅。捡拾几叶贝壳，礁石上小坐，都比窝在海景房要来得淋漓和酣畅。生活多劳碌，难得几回闲。这闲却的工夫想要用得好，也实在是一门学问。看海，终归是不会错的。

以前周迅唱过歌，还唱过一首叫作《看海》的歌。词曲都出自民谣歌手莫艳琳。在这以前，不知道她会唱歌，只知迷恋《李米的猜想》里她那令人赞不绝口的哭戏。想到周迅的歌，看海这件事，也不自觉变得伤感起来。

周迅的《看海》是唱给往事的，唱给回不去的曾经的。世间爱人，大约都有一个刹那，会想，来日要与他一起牵手旅行，看日出，看山看水，还有看海。

我也是遗憾，只身在厦门这一片海。本不觉孤单，只是不能细想。想得越是细微，便越是惆怅。儿时，有一孤身长辈说往事。说起与昔日恋人看海的事。时隔已久，也已忘记他们去看的是哪一片海。只记得他说，他的恋人后来在海边病死。他竟也再未爱过别的女子。

这样的事，能和谁细讲。也顶多是在无所事事寂寞难耐的下午跟一个情窦未开的黄毛小儿淡淡闲谈，假装自己依然开朗。再后来，听人说，他去了国外。偶尔想起来，也会随口向大人们问上一二。但大人们都讳莫如深，仿佛有些往事如同祸害。

至今，他的故事，来去如谜。

而我，如今也是经历不少。但真希望自己的故事很少，很少。谁会希望自己有多到心碎的故事。故事越少，伤痛越少。如此，回忆虽然单薄，但多半很美好。自然，人族永远都是渺小。再大的动静，再深的苦难，再重的负担，都抵不过远处的海水跟目下的沙滩。

离开厦门，有一段时日了。环岛路散步的那些下午，是此行之最美最妙。恐怕此生是忘不了。在厦门散步，不去环岛路，不去海边，不在木栈道上走一走，当真就无趣了。厦门的海，是音乐家，是小说家，是舞蹈家。她的身后，除了蓝天，都是往事。

人生能安安静静不吵不闹，那是最好。
如果不能，那至少也要去厦门的海边。

吹风。
冥想。
睡上一觉。

莲欢·枯花

食一碗人间烟火。

饮几杯人生起落。

去往厦门之前，就常听人提及厦门的海蛎煎。初到厦门的当晚，便忍不住想要去吃一碗。友人苏小姐陪同，从思明南路走到中山路，又在路边窄仄小巷当中穿拐几次，抵达传说中最正宗的海蛎煎小吃店。看情形，与成都的苍蝇馆子类似。

但店名，真是入心。

莲欢。古朴又素雅，简静又安然。店铺门面不大，位置偏僻，环境不洁，但往往美味的小吃总隐藏在市井烟火之处，随意当中尽是人间好味。吃得好，最重要的是吃得自在、欢愉，一烟一酒一笑一人生。三五好友，几壶好酒，几斤好肉，几山几水好风景，便足够。

高级餐厅固然是好，食材精良，环境优雅，一尘不染的餐厅上下尽见豪华。味道许也不差，但席间一言一语一颦一笑都生怕闹出笑话。终究，是要少却一份自在，少却一份人情味的。倒不如一家“莲欢”，来得兴致好。几张小方桌就地撑起几处热闹。来人皆齐膝坐下，撸起衣袖，大口吃，大口喝，大声说笑。

去时游人少，多是本地人操着一口抑扬顿挫好有韵味的闽南话，一边吃食一边闲话家常。置身其中，竟有一种莫可名状的感动。仿佛，独在异乡，也是归人。加之苏小姐在侧，当真便觉得，前生前世，许果真早已曾来过。

海蛎煎，闽南话里叫作“蚵仔煎”。最初，它只是泉州小吃。后来，发展成为闽南和台湾地区的经典小吃。昔日渔民忙碌，无暇自顾，便发明出这样一种便于烹煮的小食料理果腹。在番薯粉内加水搅拌均匀之后，拌入蚵仔、蛋、葱或蒜等食材，再用热油煎制而成。所抵之“莲欢”小店的海蛎煎最是有名。

在闽南东三角，海蛎煎是一道考验妇女厨艺的必备菜。虽做法简单，但要做到入口入心也非易事。据说，早些年当地女子新婚入门，初次为公婆烹饪之时，总要有一道卖相不佳的海蛎煎。通常，一碗海蛎煎做得出色了，多半要更讨公婆欢喜几分。

在中山路的海鲜夜市，熙攘的人群里，食物香气四溢，随处可见大快朵颐之人。所见之境况，是家常的厦门。少见白日里的摩登男女，多半是朴素食客。春卷、烧肉粽、鱼丸、芋包、韭菜盒、蚝仔粥、面线糊、贡鱿鱼、五香条、烤生蚝、沙茶面、花生汤。各色小吃，应接不暇。

但，最热爱的还是在鼓浪屿一位阿婆的小摊上吃到的土笋冻。

在饮食方面，素不喜追新猎奇。尤其是昆虫一类，实在不能入口。彼时，不过只是见小摊面前层层围上几圈行客。想着，大约是当地的知名小吃，也就排队要了一碗。

入口便觉味道佳美至极。三两下便吃完。事后，方才听人说这叫土笋冻，当中有虫。虫是蠕虫，属星虫动物门，学名“可口革囊星虫”，身长两三寸。外形粗陋，颜色黑褐，粗者如食指，细者似稻茎。约有拇指长短，拖着尾状物一条，约一两寸。细长可动。形容可怖。但它富含丰沛的胶原蛋白质。俗称“海土笋”。

后来在网上查阅制作方法，大致如下：烹前，把从沙子里逮出的鲜活土笋放养一天，吐清杂物，再用石槌不断碾磨，碾出全部内脏杂物，放入清水中，将体内泥土漂洗干净，呈白亮时捞起。取冰凉井水，与土笋一起熬煮，笋内胶原蛋白溶入水之中成黏糊状后盛出置入小盏，冷却成冻，即为“土笋冻”。

据说，土笋冻的出现与民族英雄郑成功有关。说是当年军情紧张，郑成功不常食用早餐。后来，驻军将士在海边挖出来大量可食用的“土笋”，郑成功便每日以之煮汤食用。又为节约时间，郑成功不建议将士温热食用，便改为自行冷却凝冻之后来吃。

方便，亦可口。

因素爱咸口菜食，所以，对佐以酱油、醋、甜辣酱、蒜蓉、海蜇及芫荽、白萝卜丝、辣椒丝、番茄片各色小料的咸口小吃土笋冻

偏爱有加。改日，再去鼓浪屿，定然是还要光顾各家小摊小店的。

大约是出生又成长在内陆的原因，儿时海鲜稀奇，因此，对海鲜，自幼有一种不可湮灭的迷恋。之于素食者而言，肉食总是禁忌，海鲜与否皆是如此。倒也曾有一颗素食的心，但这贪吃的欲求在厦门终究还是抵御不过。

至于，苏小姐时常推荐据说味道极其美妙的酱油杧果，因素不爱甜食水果，所以，一直不曾上心。但对于喜食甜品的人来讲，厦门的酱油芒果应当是不该错过的。也倒是提醒了自己，或许，早该放下执念，开口一笑，来日里，也去品一品酱油杧果之佳味。

愿你曾被这世界温柔相待

傍晚的厦门很是迷人。

沿街的柠檬桉和石栗树，蔚然成荫。与友人苏小姐并肩散步，行路之况味甚是美妙。许是情分相佐，不禁觉得浪漫。城市老旧，又有新潮，加之绿化得好，仿佛是走在鼓浪屿的黄家花园。不时可见遛狗的年轻人和守摊的小贩。也有摩登男女来回穿梭。滑板少年更是悦目。

抽烟的时候，苏小姐唠叨，少抽为妙。

高中的时候，也曾有几个相似的傍晚，在跟交好的友人相约同往学校的路上，靠在铁丝围栏上，抽烟聊天，说些关于未来对的话。清透的黄昏，仿佛可以一眼望穿。断线的风筝摇晃落下，幼小孩童撒开父亲的大手，欢喜跑去。捡起它，仿佛是捡起了父辈的旧日时光。

高中那几年，虽不爱念书，成绩倒也不差。总想着：将来自己会在哪一所高校，会遇见一个怎样的姑娘，谈一段怎样的恋爱；毕业了会在哪一座城市，去哪一家公司上班，又会在公司里遇见一个怎样的上司；有怎样的收入，每年回家时给亲人带去怎样的礼物。

石敢當

但人生在世，不如意事十之八九。初次高考名落孙山，次年复读内心忧悒，时不时便旷课溜避。即便是坐在护城河边东张西望，无所事事，也觉欢喜。那一条护城河，倒真是来回走出了亲切的味道。假装自己是个怀才不遇的问题少年，度过了许多踌躇的下午。

入大学后，低调生活，不常外出，多半与麦卡勒斯与毛姆为伍。也在甲壳虫和陈小霞的音乐里挨度了一段时光。女友倒未曾有过一人。好友亦不过二三。苏小姐是其中之一。许多隐藏多年难以开口的秘密也不过只曾与她一人交谈。

后来，与苏小姐坐公交车去了厦门大学。苏小姐说，厦大很美。只是虽在厦门工作两年有余，但比起母校，总是要生分些。人对一个城市的恋慕是旧时光的馈赠。没有根基的去处，再是富丽，亦是惘然。但厦门大学也是百年名校，山水交织，又有海风缭绕，起码是个恋爱的好去处。

厦大来回去了几次。总是想着多走几次，假装自己也是名校学子。大学念的是新闻系，少时的主持梦、记者梦最终付之一炬，转而钻入了故纸堆里，当起了自由撰稿人。到底，天性里放浪不羁，散漫无常。不适合束缚的体制跟规矩。

有一日，恰逢周末，孤自去厦大散步。是想要拍照留念。亦是为纪念无法重来的大学时光。去了新闻学院，去了学生公寓，去了湖边，去了食堂。直到黄昏。厦大的建筑新旧交杂，又各成一体。最好的是，老旧的学生公寓典雅温静又家常气。住在里面，仿佛是住在老旧的时光跟历史的呼吸里。厦大是属于过去的，属于曾经的。

1921年，陈嘉庚创办厦门大学的时候，谁人会料到，而今它会成长得这样好。芙蓉湖正对嘉庚楼。在芙蓉湖畔，有白鹭、黑天鹅、大雁各色绝美鸟族。佐以湖水涟漪和绿木成荫。美极。也曾去拜访过国内一流名校，但论这风光之旖旎，怕是不可与厦大相媲。

当年高考填报志愿，与复旦失之交臂，最终亦未被厦大录取，便去了南方。四年光阴如白驹过隙。以为不过是刚刚开始，却已在毕业照上留下了痕迹。寝室号依然记得，305。室友三人，老大高个，老二矮个，老四小胖。都是可爱的人。

后来，老四考上了复旦的研究生，当了王安忆的学生。老大回到老家结婚生子。老二去了广州，做了生意人。至于我，四处漂泊，居无定所。从北京，去往了深圳。又从南京，来到成都暂居，以字谋生。而今是，孤身在厦门。也曾想，来日回母校与旧识故人小聚，但彼此流散四地，终是不能如愿。

谋生不易。一如你我之多数，是饿不死又活不好，是愁眉有时喜笑有时，是朝九晚五的生活里隐藏着一颗仰慕清贵的心。最好的年华理应就是在大学里携书恋爱的光阴。人人都是朴素又温柔，遭遇算计也不过只是细碎小事，一笑泯恩仇，不算为难。悲或怒，皆不算痛。

但终有一日，要离开校园，迎对生活之艰辛、之褴褛、之孱弱、

之孤自无依。之于我，要做的是，把沉重的留给写作，轻松的留给生活。总有一些沉重是不能避免的，亦如总有一些时光是无法回去的。但放下，从来不是失去。

苦难还会有。
孤独始终在。

但日子总要过下去。

面朝大海，春暖花开

堂妹抵达厦门那日，阴天倦怠。

与她已是数年未见。记忆最深刻的部分，依然是堂妹幼时面对相机镜头咧嘴大笑的可人模样。女孩年岁渐长，多半内心日渐敛羞，纵是奔放，也定不似儿时无忌。后来，堂妹也曾随叔婶回老家，与我见过几回。但因彼此隔绝时间甚久，也就少言交谈。

此番，得知她会来厦门找我，竟有些雀跃。大约，我对待亲人的态度，总是趋向主动、热络和密切的。虽然平日里，并不是一个热闹的人。于人于事，总要缩退几分。收到堂妹的航班与抵达时间之信息后，我便开始想着，接下来与之相伴的日程。

少时，叔婶便待我不薄，在我家境极窘困时，我急需一台电脑，但父母收入情况实是难以负重。常理来说，与人张口索钱索物，多半内心是羞耻的。是只有再无他法的时候，方才会走出一步。

依照中国人的俗念，叔叔是自家人，总要好说话些。婶婶是嫁过来的，总要情疏几分。但婶婶对我爱顾有加，是个好温柔好宽厚的女子。接到我的电话之后，她不曾犹疑，便叫叔叔次日给我打来

一笔足够数目的钱。

钱财，这种东西，实在邪恶，是生之所必需，亦常常被论断为人情亲疏的铁证。虽然尖刻，但道理也是有的。庆幸，人心冷暖，多半并不为其左右。只是，在这一方面，受了恩惠，总也是要感念深沉几分。因它最为直接、赤裸，令人无暇假意虚情。

也因此，我时常心怀歉疚，总想着为叔婶做些什么，以报恩惠。今次，得以被叔婶信任，让堂妹来找我，之于我而言，这是件不小的家事。平日里，我便不是个好细心的人，于是，纵想着要将堂妹照顾得无微不至，但也总是心有戚戚。

偏又恰逢堂妹抵达前一夜，手机坏掉。本想着勉强用上几日再换，却不料赶往机场的半途，彻底失去联络。就在抵达机场，下车的刹那，这调皮手机竟似有灵性一般，又与我续上几分钟的缘分。是以助我脱离了这焦虑的微小困境。

女孩长大，多半要变模样。一双眼盯住来往人群，片刻不敢粗心。正见远处有短发少女似我堂妹却又无法确认时，她给了我一个肯定的眼神，朝我走来。堂妹与从前判若两人，样貌倒是其次，是性情变得阴郁内敛，与我说话也是好沉静的样子。

倒是我，假装自己年纪尚幼，口齿利索起来。是不想与我年纪相差六岁的堂妹觉得与我生分，有隔阂，以致气氛凝冷。回到旅店，安置好堂妹之后，便与她商量着接下来几日的行程。自然，是要以她的愿想为准。

次日，我们去了百家村路。

厦门的每一条路都是一本书，都是烟云往事浓重。厦门是半岛，岛上道路蜿蜒起伏，甚有情趣。与鼓浪屿并无二致。但不巧，此行再次遭遇雨天。雨，时急时缓。下了整个下午。太阳出来的时候，已是傍晚。只是，百家村路的破旧老房子，不管晴雨，始终寂静。

三百年前，此处不过只是厦门古城之外的郊乡村野。它不叫百家村，叫深田内。清乾隆年间，有诗人张锡麟曾在此地作诗《深田坐雨》："蒙蒙时雨涨平芜，屋近田间事事殊。陇上泥深催播谷，阡南客至唤提壶。魁峰拥榻开生面，鹤岭当门展画图。何日新晴看瀑布，倦来便借短节扶。"山光水色，流年烟火，尽在诗间。

后来，一条叫作做蓼花溪的小河，从一处叫作万石岩的地方，潺湲此处，流入筼筜湖。原本，是好安宁好静谧的世外桃源，但终究躲不开被开垦挞伐之运命。

1927 年至 1931 年，厦门老城改造。因筹建中山公园之故，大批土地被征用，相关居民被政府统一安置此处。拢共有 200 余户人家，是以此处被称为"百家村"。

而今的百家村，依然老旧如初，来往人群也不似城中摩登，偶见咖啡厅，也颇是沧桑。虽也有当年华侨富商建盖的别墅，但总也是老旧了。旧时光温柔，以至于人们不曾有意跳脱，只是缓慢又缓慢地延续着昔年的安稳生活。

沿着从百家村漫步至白鹤路。

白鹤路上有一家老别墅西餐厅。环境幽静。藏身繁茂绿树和斑驳日光之中。也是到了晚餐时间，便与堂妹商定在老别墅用餐。餐厅二楼是酒吧，正在修护。一楼陈设复古。每一件饰品、每一件餐具，都看得出心思。是一家大气又精致的西餐厅。

酒足饭饱之余，堂妹与我聊了心事。且在我看来是好郑重的事情，被人信任始终都是有幸福感的。人与人之间的亲与近，大约就是从某日黄昏她与你讲说心事开始。十八岁少女心中隐藏的秘密总是哀伤又充满希望。离开老别墅西餐厅时，接到成都书店老板的电话。老板说，我订购的《海子诗全集》已到。

那日，夕阳温柔，内心悦定。
我不爱读新诗，但我爱海子。

从明天起，做一个幸福的人，
喂马、劈柴，周游世界；
从明天起，关心粮食和蔬菜，
我有一所房子，面朝大海，春暖花开；
从明天起，和每一个亲人通信，

告诉他们我的幸福，
那幸福的闪电告诉我的，
我将告诉每一个人，
给每一条河每一座山取一个温暖的名字。

陌生人，我也为你祝福，
愿你有一个灿烂的前程，
愿你有情人终成眷属，
愿你在尘世获得幸福。
我只愿面朝大海，春暖花开。

清醒记

有人爱集美胜于鼓浪屿。

说，鼓浪屿一如你我习见之乡村故土，不过是一处厦门人眼里再普通不过的居民区。老房旧街，小岛寡民，简单平凡。顶多是风光上好，却也已被生意人贴上繁荣的小资标签。游人络绎，如过江之鲫，纷至沓来，乱哄哄、闹腾腾。说，而今原住民纷纷外迁，早已不闻老厝里的咿呀土语和缱绻老声，充斥其间的是奶茶店数家和咖啡馆数爿。

说，集美方才是有情调的去处，有高校的书卷气，有保存完好的老房回忆。人不多，店不多，纷扰不多，喧嚣不多。唯有日出跟烟霞，唯有海水跟诗歌，唯有老厦门的根基和史册里纷繁往事的点滴跟寓意。说，不去集美，枉来厦门。

虽各种观点不全认同，但道理是有的。而今的集美，当真是一处观感上佳的地方。幽静美丽。走在路上，也少见成群行客拍照聊天。可见的，不过是哪家的老人坐在门口用蒲扇扇风，坐藤椅乘凉。或者，还有一只与之相伴十余年的老猫在侧酣眠。

是以，这块水土方能孕育出低调的志士能人。

譬如，陈嘉庚。

此生，他最令人称赞的行举大约就是1921年创办厦门大学。他曾说："教育为立国之本，兴学乃国民天职。"从厦门大学到集美学村有多远？是一座厦门大桥的距离，也是从一颗心到另一颗心的距离。

集美，原名叫作"尽尾""浔尾"，但本地人都觉此名不雅，遂改称"集美"，集聚天下之美。集美之最好的时候，便是陈嘉庚兴学之时。创办厦大八年前的1913年，陈嘉庚从南洋返乡，投身助学事业，投资兴办了集美学村。

1874年，陈嘉庚出生于福建同安县集美村，又名甲庚，字科次。他是土生土长的集美人。在集美长大的陈嘉庚，心性清明狷介。十五岁，远赴南洋，在新加坡随父亲学习经商。但三十岁那年，父亲破产。自此，陈嘉庚独自打拼。开始了自己推广引进、种植并加工橡胶之商路。

十余年间，陈嘉庚便成为名震海内外的"橡胶大王"。其资产逾百万。同时，陈嘉庚陆续开始了办学之路。黄炎培曾说："发了财的人，而肯全拿出来的，只有陈先生一人。"是倾其全力，助乡兴学。陈嘉庚先生去世时的挽联上也这样写道："前半生兴学，后半生纾难；是一代正气，亦一代完人"。

集美，嘉庚路，149 号。

陈嘉庚故居。在集美，若是不去陈嘉庚故居一看，当真就是惘然了。倒不是故居风景独好，而是，此地乃今日集美之涵养、静美的根基所在。一个人，一个队伍，一座城市，一个国家，都有它成长得日益美好的根源。在哪里，很重要。

集美学村很静。老房肃穆，老树繁茂，路亦已苍老。中西风格混合的大小建筑散落四处，林荫密布。先生故居，是一座罗马式砖木结构的单角楼。白墙圆柱。绿瓦盖顶。院中有一棵盛大的老榕树，仿佛是先生精魂所化，儒雅，清正，又好亲和。

内中陈设的旧物，皆是先生生前毁家兴学的见证。珍稀的手稿，斑驳的桌椅，老旧的木床，打补丁的蚊帐，破损的雨伞，长久未换仿佛揉洗数百次的公文包，还有那一柄拐杖，开裂的铁皮包头真是令人心酸。可是，他昔年真的是好有钱。只是，那些钱财，他皆散尽在故园。

先生故居建于 1918 年。后毁于战乱。抗战胜利后，先生不同意先修建住所，定要先修校舍再言其他。直到 1955 年，先生住所方才彻底修复竣工。两年之后，先生方才搬入故居。但不足四年，便因病离开，前往上海、北京治疗。离世那年是 1961 年，先生八十八岁。

在先生故居之前有一座建于 1962 年的归来堂。堂前有高近三米的先生全身铜像。这座归来堂，当年先生是为了海外子孙归来住宿而打算筹建的。只是，先生自言此乃私事，兴学之公事未完成前，总是不肯将它筑建的。直到先生去世之后，方才建成。

只是遗憾，先生在世是无法目睹其风韵。

读孔子，读到这样的话——“南方之强与？北方之强与？抑而强与？宽柔以教，不报无道，南方之强也，君子居之。衽金革，死而不厌，北方之强也，而强者居之。故君子和而不流，强哉矫！中立而不倚，强哉矫！”

先生大约就是这样的强者。

不卑，不亢。
无私，无懦。

恋恋

最好的厦门，在曾厝垵。

它不同于美人迟暮、人群熙攘的鼓浪屿，也不似集美孤远避世。它是小家碧玉，是白衣少年，是静若处子动如脱兔的艺术家。它是旧日的渔民村落，古朴素净。又是今时的文艺小镇，风格独立，自成一体。在地图上，它几乎难以被标示，但在行客心里，确是往来必经之地。

曾厝垵，位于厦门岛东南，环岛路边，不过只是方寸之地，却可以令人流连忘返，再三驻临。昔日的往事沉淀，令小村的成长很有文化底气。是利落又温静的一个地方。

村口有一福海宫，供奉有保生大帝和妈祖。保生大帝护佑信徒健康长寿，妈祖护佑渔民出入平安。保生大帝是道教神祇，相传他本是宋代御医吴夲，后悬壶济世，受人敬仰。去世后被朝廷追封为大道真人、保生大帝。乡民建庙奉祀尊为医神。

妈祖，本是福建莆田望族九牧林氏后裔默娘。其人温静善良，悯天下疾苦，矢志不嫁，终生行善救济。得默娘相助的渔民不计其数。

众人皆感念在心。默娘事迹传开之后，有人信她有神力。后来，又有渔民常言，见默娘乘风驾云，赴海救人。久而久之，海上人便开始供奉妈祖神像，以求庇佑。

在同一座庙里供奉职责迥异之男女二神的情况实在不多见。曾厝垵村口的福海宫面积不大，但香火甚好。而今，大约拜谒的行客比村民还要频繁了。倒也不是坏事。入村之前，入庙一拜也还是十分有必要的。去时，是跟堂妹一起。

从环岛路去曾厝垵，只需过一道马路。从福海宫往里走，没有地图，东走西逛，也度过了大半日的时光。曾厝垵行客不多，不吵不闹，安安静静，非常让人惊喜。而今，曾厝垵有大小旅馆四十余家，各具品格。下午三点过，跟堂妹找了一处地方小憩。

Temple Café。

初来曾厝垵，不知它盛名在外。堂妹点了一杯咖啡、一份糕点。我只是随意要了一瓶冰镇啤酒解暑。选择这家店的原因，也是因着它的老式祠堂建筑。本以为是店主刻意为之。后来打听，才知 Temple Café 本就是当地曾氏祠堂真身。也得其故事一二。

雕梁画栋的里外皆是往事的痕迹。这座曾氏祠堂始建于南宋，是长生老人了。虽几度毁于战火，但从未绝断。1992 年，南洋归来的族人捐资重建，遂成今日模样。即便今日改造成为咖啡馆，但每年清明、冬至，店主依然会关门休业，供族人祭祖。

店内陈设简洁古朴，“曾氏宗祠”和“龙山昌盛”的牌匾依然高悬。在祠堂里小坐，喝个下午茶，闲惬当中有一份敬重在。周遭客人或看书听音乐，或轻声聊家常，仿佛都是曾氏子孙前来告祷。氛围很是安宁和睦。一如村落本身，低调当中有文艺，安静之下见华丽。感受很是美妙。

离开 Temple Café 之后，又去了几家小店。遇到一名高考结束打工旅行的姑娘，温静可人。几句闲聊，便觉投机。她还特地告诉我，赚够旅费，要去贵州。只是，不记得当时她给我推荐的那个村落叫什么名字。隐约只想得起她说，跟曾厝垵一样，古朴纯真，安静有加。当时，她在读一本叫作《恋恋》的台版书。

真是个好名字。前些日子，才知道那是一本言情小说，作者是编剧叶念琛。看他导演的那一部电影《隐婚男女》时，我在深圳。电影的剧本是旁人写的，不很理想。但看看陈奕迅跟刘若英谈情说爱，也是很好。

那时候，你还在。

那时候，爱还在。

曾厝垵
118号

旧时光的碎片

骑楼。

去厦门以前，学识浅薄如我，不知此词汇。所谓“骑楼”，大致是说沿街的一体建筑，一层中空，可通行人车，用立柱支撑二楼房屋。从建筑形态上来讲，是建筑房屋骑跨在人行道路之上，因此，谓之“骑楼”。也是闽南一带常见的老式建筑，最初出现在鸦片战争时期的广州。

厦门中山路仍可见老旧骑楼。甚有情趣。沿着街道两侧逶迤伸延，从文化宫一直到鹭江岸边。那些西式立柱支撑起的老楼，被翻新粉饰，裹挟着旧日风尘，睥睨众生。来往的人群在它们的眼中，大约是好无知又好无望的。

世上，没有人能够比一间老屋、一座老房、一栋老建筑更懂得岁月沧桑，更懂得人生无常了。中山路，左邻鹭江，右近万石山，又有鸿山作屏障，藏纳着厦门最静深的气韵。白墙，尖顶，又有蓝天、飞鸽依傍，在喧闹的市井生活里，不经意便能领略些微的古朴孤静。从来没有一处地方，像这里，热闹与寂静如此相依共生又无碍地存在下去。

这里的骑楼大约都始建于九十多年前。是一个人的漫长一生，是将近一个世纪，甚至这人间已历经几次乾坤更替。唯有这排排骑楼安然无恙，寂静无声，仿佛要永存。

中山路416号的楼上还有一座庙。叫作南寿宫。其貌不扬的门牌，锈旧的窗棂，淹没在各色商铺招牌当中，是很容易被忽略的一个地方。纵是今日有人为之修筑了琉璃顶，依然是寸辉不见的。只是可惜，旧城改造，被迫从厦门古城迁移至此，昔日的信众跟香火也日渐流散了。当真是对信仰辜负了。

听说东京几乎全城禁烟，厦门的中山路也是如此。烟瘾甚大如我者，在中山路散步，时间久了便有些难挨。隐蔽的地方也是有，只是点燃烟头又心有戚戚。如同意志薄弱的孩童，仿佛要犯下弥天过错。左思右想，便算了。烟不是件好东西。

慕恋的厦门行客甚多，往来于中山路的本地人并不多。商贩多操一口不太标准的普通话，想听听纯正的闽南话，中山路不是上佳的选择。买了几枚打火机，买了一双人字拖，买了两本书，还买了一瓶水。从中山路走过，去往鼓浪屿轮渡的时候，我又在想，是否会有运气，可以买上几桶正宗的闽南好茶，带回家。

后来，几次往返，可看的也便只有路边沉默寡静的两排骑楼。世事嚣扰，无非来去二字。摄影技术仍需精进，总是不能将它们拍好。大约，有些东西是没有办法用私人的方式来存留的。它们只能存在于天地之间，大海之边，与人世两两顾看，与岁月淡淡漫长。

老去的时候自有老去的归处，被拆迁还是被圈养也都并不重要。重要的是，他们都已有过属于自己的最好的时光。至于是旗袍碎花满眼的年代，还是军绿大褂横行的时候，并不知道。

但旧时临街而立的绸庄、药店、米铺、茶楼各色商铺和身着“滚边玉色湖绉短袄，系粉红百褶裙的民国女子”必是一道佳妙风景。

古时，这里也曾是小河淌水，鹿慕清溪。“水满清溪散暮云，水光云彩五纷纭。半帘夕照千家共，几树浓阴两岸分。”那时，没有衣香鬓影，没有纸醉金迷。没有拆迁改造，没有行客攒集。只有，温煦的日光和祥静的绿地。

而今，徒剩旧日时光的琐细碎片。

那时，既没有我，也没有你。
只有，男耕女织，相依为命。

——

是日黄昏。

我在马路边，看见你。
你穿波西米亚长裙。
倚在一枚立柱边，抽烟。
硕大的耳环来回摇晃。

球鞋上有一层泥沙。
夕阳落在你的双肩上。
手腕上文了一朵红绿交杂的花。
我始终，不曾与你说话。

却一直都在想：
你在休息，还是在等什么人。
结束旅行，一起回家。
或是，离开厦门，去拉萨。

流浪，是一种情怀

长亭外，古道边，芳草碧连天。
晚风拂柳笛声残，夕阳山外山。

天之涯，地之角，知交半零落。
人生难得是欢聚，唯有别离多。

长亭外，古道边，芳草碧连天。
问君此去几时还，来时莫徘徊。

天之涯，地之角，知交半零落。
一壶浊酒尽余欢，今宵别梦寒。

李叔同，《送别》。

写他的时候，总是很静。深夜时分，窗外无风亦无雨。唯有寂静月光如洒，掠过门前樱桃树，铺在落地窗上。初夏无眠之夜，听朴树唱一句“长亭外，古道边，芳草碧连天”，仿佛里面藏匿着一朵蔷薇花开的声音。

与恋人去看管虎的新作品《厨子·戏子·痞子》，戏终落幕人散时，因着一首《送别》，又重新坐下，听完方才起身。朴树那么久都没有发表新歌，时隔数年，因着李叔同，他又重新唱起了歌。一如今时今日，我因着朴树的歌，又伤感地写到了李叔同。

思明南路 515 号。从厦门大学到南普陀寺，咫尺距离。五峰山下的南普陀是闽粤一带香火最旺的寺庙。初建于中唐，而今也是历时千余年。后来，寺庙翻新，有些亮堂的建筑，不似从前破旧了。但一花一叶总关禅，在南普陀寺，哪怕是人群熙攘，也总觉得是静的。

坐在池边石凳上，有僧人下来喂食池中小龟。他也不说话，只是一点一点将馒头屑往水中撒。动作缓慢又沉静，仿佛是在阅读一本经书，于青灯之下参悟佛理。令人敬畏。

记得深刻的是，南普陀寺栖住的麻雀与鸽，皆静如禅，不与人拒，温顺有佳。停在顽石处，一动不动，众人来拍照，亦不知避躲，自在静处，分毫不吵闹、不聒噪。还有，那临路的满池莲荷，盛开得真是丰美。粉净如婴孩。

母亲信佛，时常劝导我，待人宽宥，与人为善。旁人对你刻薄，你亦不可回之以怨憎。世有因果，每个人都有自己的前世今生之业报。要以一颗静如止水的心面对人间冷暖与炎凉。是何时，李叔同突生了更深的佛念，从浪荡的花花美公子突围尘世，入定修禅，成了竹杖芒鞋的苦行僧。流浪世外。

流浪，也是一种追随佛缘的情怀。

八十五年前，弘一法师李叔同来到厦门，在南普陀住了许久。创于南普陀古刹之内的闽南佛学院是国内最早的汉传佛教高等学府。当年，弘一法师来此是为整改佛学院的教程，增办佛教养正院。弘一法师与南普陀的因缘也因此落地生根。

唐末五代，初建时，寺庙称“泗洲院”。北宋时改建，称“无尽岩寺”。元时，寺庙被毁。明初重建，改名“普照寺”。明末诗僧觉光和尚迁建寺庙于五老峰前，兴旺一时，住僧曾多达百余众。但清初又废毁于兵祸。康熙二十三年，施琅收复台湾后驻镇厦门，捐资修复寺院，又增建大悲阁奉观音菩萨，并以之与浙江普陀山观音道场相类比，又因在浙江普陀山的南面，始称“南普陀寺”。

此后数百年，经历代住持景峰、省己、喜参等诸位高僧多次重修、扩建，至民国初年，寺院已构成三殿、七堂俱全的禅寺格局，成为近代闽南最具规模的名刹。民国十四年，寺内创办闽南佛学院。此后，海内高僧大德相继往来住锡传经，包括弘一法师李叔同。一时，南普陀寺佛门称盛。

李叔同持戒严谨，丰子恺亦曾在《缘缘堂随笔》里提到，他过午不食。素斋也不过只是稀粥与不放盐油的白水青菜。一身衲衣更是只保清洁不换新衣，补丁多达200多处。青白相间，旧损褴褛。但李叔同不觉不便，常告知僧众：“草藉不除，时觉眼前生意满；庵门常掩，勿忘世上苦人多。”

是真正怀有一颗慈航普度的佛心。

在厦门期间，李叔同除了在南普陀居住过，还曾在妙释寺、万寿寺、日光岩寺、万石岩寺、梵天寺等寺院和鼓浪屿鼓声路 1 号的了闲别墅驻锡。只是遗憾，而今，妙释寺与万石岩寺两处旧迹已是不可寻。

李叔同逝世已七十一年。再过一个七十一年，我亦已不在。只愿，能在最好的这几年，能有慧根为你立传。若是写得令人读来心静，那么也算是这一生，写过几篇像样的文章了。只是，一念之下，这是否也就成为执着跟欲求了？

佛缘未到，内心依然潦倒。

昔日读《六祖坛经》，见“一切众生，一切草木，有情无情，悉皆蒙润，百川众流，却入大海，合为一体”。前生种因，今世得果。此生不求富贵，不求衣香，不求功名，只愿一生简静如水，走到头时，悲喜伤欢，一笑而泯。

唯愿：

此生无挂碍，来世不徘徊。

夜莺与玫瑰

临走前一夜，苏小姐给我讲了一个故事。

故事的主人公，叫颜宝玲。

1924年6月24日，她出生在鼓浪屿。自幼在基督教家庭长大，家共有兄弟姊妹六人。她排行第五。天生一副好嗓子。十岁那年，在唱诗班被老师相中，给予她音乐启蒙。

入门之后的颜宝玲好学心强。因当时时局动荡，前后追随了数位外国导师，包括精通乐理、音乐素养极高的牧师妻子、俄国大剧院的专业花腔女高音，以及住在“伦敦公会”牧师楼里的牧师，等等。颜宝玲博采众长，音乐造诣精进。

后来，与印尼华侨之子李德亮结婚，育有四子。长子曙初，次子未明，三子曦微，幼子京榕。生活安稳幸福，有丈夫爱顾，膝下又有三子承欢，歌声在鼓浪屿亦是家喻户晓。又生得白净美丽、身段窈窕。人人都知道，鼓浪屿有一名声如夜莺的美人叫作颜宝玲。

1953年6月，那一年，颜宝玲二十九岁。对音乐之热爱，越发

浓烈，终于在丈夫的鼓励之下，报考了上海音乐学院。一曲《茶花女》让颜宝玲崭露头角，顺利入校。两年之后，一心忧顾儿子的颜宝玲在亲友各方游说之下，放弃了学业，回到故园。

归乡之后，盛名在外的颜宝玲受到乡里欢迎。担任厦门基督教青年会女青年部总干事，并破例连任两届。在其位，谋其事。颜宝玲不辞劳苦地努力工作了十年。为成员组织各种文体娱乐活动和比赛，也热心社会公益。创办了厦门第一家托儿所和第一所盲人学校。

受其恩顾之人不在少数。

1958年，颜宝玲的幼子出世。同年，颜宝玲发起组织了鼓浪屿合唱团。成为厦门最受欢迎的业余文艺团体。只是，所有的一切，止于1966年。在这以前，颜宝玲的生命当中从来都是明媚晴天。她是那么热爱这个世界，可是有一天，她发现，这个世界突然开始厌恶她、憎恨她，甚至想要毁灭她。

1966年，“文化大革命”开始。

新中国成立后的史册上最令人悲伤的一页，由此现世。少时，也曾听父母谈说过一些。庆幸，“文化大革命”最恶劣严重的那几年，我的父母尚只是十余岁少年，未曾犯下罪孽。而他们的记忆里，甚许还留存过一点欢愉。比如跟着大人学唱样板戏。

历史我从来都没有学好。历史是人写的。有人参与的事情，总要远离真相，背向真理。至于，讳莫如深的一些过往曾经之真迹，更是不易找寻。苏小姐说到颜宝玲在“文化大革命”的遭遇时，数度哽咽。其悲惨遭遇，随意猜想便知其一二。

黑暗，绝望，遍体鳞伤。

那几年，这世上从来没有晴日阳光。

有的，只有扭曲、血腥，跟似海重的悲伤。

四十七年了。那些羞辱导师、虐打文艺工作者的人，而今，差不多也都已老去。不知，他们可曾在午夜梦回之时，心有忏悔。原谅，这种事情是不容易的。而在这世上，最有可能原谅旁人过错的，便是曾惨遭毒手的那些德高望重、有修养、有学识、有心怀之人。

可惜，他们在世的，不多了。

头戴高帽、脸泼汁墨、自行掌掴、被虐打、被奸淫、被毁灭的人，是要凭借一颗怎样不死的心，才能挨度过那样阴冷潮湿的岁月？1966年，六月。颜宝玲被数次抄家，关押。一日时辰，犹如几世几生那么漫长。那一顶写着“牛鬼蛇神颜宝玲”的高帽日日焚毁吞噬着颜宝玲的心。

虐打她的人，都是她昔日爱顾的门生。

向前走
141

这个世界到底怎么了？她不知道。这些孩子到底怎么了？她不知道。目下的事情是真切地在发生，还是一场冗长又绝望的噩梦，改日睁眼醒来便不复存在？她亦不知道。6 月 11 日，颜宝玲，精神崩垮，自杀身亡。

苏小姐问我："你觉得颜宝玲脆弱吗？"不及我回答，苏小姐说："她不是脆弱，她到底也只是一个平常女子。换了是我，大约已经寻死千百万次了吧。"我不禁在想，要是还有第二次，我是否能熬得过那漫长的黑暗时光。会逃离？会卑躬屈膝、忍辱偷生？还是会一死了之？

"文化大革命"十年。无法细想，细讲。我只知，文学被虐打，艺术被虐打。红裙被虐打，西装被虐打。咖啡被虐打，美貌被虐打，历史也被胡乱涂鸦了。刘少奇死在了那里，吴晗死在了那里，颜宝玲死在了那里，程蝶衣与段小楼的戏也死在了那里。

奥斯卡·王尔德在童话里写了一只夜莺。

为了一朵玫瑰花的浪漫。
花刺入心，泣血而亡。

一如你不堪回首的曾经。
亲爱的颜宝玲。

我在荒岛上，迎接黎明

行客如我，来到厦门，稀松平常。

好的是，昔日里还有他们，都来过这里。

丰子恺，来过这里。

古城西路43号，二楼。初来厦门，也曾沿古城西路走过几遍，彼时大约路过几回，却不知晓。昔年那夜，丰子恺曾在那间破旧小屋的蓝色长窗之下，完成了自己的《护生画集》第三集。运命从来不公。有人庸碌一生，亦有人如你，画得好，写得妙，翻译的文章也是不得了。

在《缘缘堂随笔》里，丰子恺写了一篇《缘》，写的是弘一法师与一本《理想中人》的缘，与书的著者，一名基督徒谢颂羔的缘。一如丰子恺所讲："无论何事都是大大小小、千千万万的'缘'所凑合而成，缺了一点就不行。"

大约，是我内心芜杂，不通佛理。背离真相的浮躁生活，致使我缺失了一点平静，不能在厦门路过这间老旧小屋之时，忆起厦门暂居了四个月的你。

S C O

巴金，来过这里。

1930年，初秋，巴金第一次来到鼓浪屿，与之初见钟情。后来几次，则住在厦门的酒店里。在《南国的梦里》，巴金写："美丽的、曲折的马路，精致的、各色颜色的房屋，庭院里开着的各种颜色的花，永远是茂盛和新鲜的榕树……还有许多别的东西，鼓浪屿给我留下的印象是新奇。我喜欢这种南方的使人容易变得年轻的空气。"

记得，成都有一处百花潭公园，昔年是巴金老家的后院。当真是旖旎的一处好地方。虽不知当时巴金住在鼓浪屿哪里，但至少，百花潭公园还是可以去一趟的。

施蛰存，来过这里。

施蛰存看到的鼓浪屿是抗战时期的鼓浪屿。他从黄家渡码头上岸，初眼便见难民。但沿着曲折马路行进，依然有关门的商铺琳琅入目。虽是乱世，但鼓浪屿上的生活程度依然要比其他地方好。施蛰存说，"鼓浪屿可以说是一个小型的香港"。

那一回，他还登上了日光岩。他写道："在那个光光的山头上了望内海的一盛一衰的景象，听着山下观音庙里的唪经击磬声，和喧阗的市声，简直连自己也不知作何感想，惟有默然而已。"一朝一代一人间，旧日的悲伤铺垫，亦是今时的热闹根基。

丁玲，来过这里。

八十年代，丁玲曾几次在鼓浪屿的疗养院里静养、写作。1980年的十二月，年近八旬的丁玲因身患乳腺癌从北京迁居鼓浪屿疗养，至次年四月返京。其间，在家书和日记里，她写下了不少关于鼓浪屿的文字、篇章。丁玲印象中，鼓浪屿是一处极幽静，气候又好宜人的地方。

鲁迅，来过这里。

鲁迅日记里有一则内容如下：“一月八日：昙。下午往鼓浪屿民钟报馆晤李硕果、陈昌标及其他社员三四人，少顷语堂、矛尘、顾颉刚、陈万里俱至，同至洞天夜饭。夜大风，乘舟归。雨。”

当时，一如林语堂，鲁迅亦是应邀前往厦门大学任教，时间跨度为于 1926 年 9 月至 1927 年 1 月。后因校内学派争斗请辞。校内胡适一派与鲁迅一派意见相左，争斗激烈。鲁迅与林语堂等人请辞。在厦门大学的短暂经历对鲁迅日后生涯有重要影响。不入体制，只拿一支自由笔。

未曾去过厦门大学校内的鲁迅纪念馆。但想着，这段往事，纵你我津于乐道，但先生怕是并不欢喜。虽过往经历并不愉快，但之于厦门大学，鲁迅先生与之曾朝夕共处之回忆，依然是厦门大学乃至整个厦门岛的一段稀贵之曾经。

据说，这一则日记当中所记那日，鲁迅和林语堂一行人曾在鼓浪屿洞天酒楼设宴。甚至，有人自称记录下当时的菜单，包括：五香鸡卷、蚵仔煎、八宝鸳鸯蟹、白炒香螺、土豆仁汤，等等。不知其真伪。

还有，冰心。

不知冰心是否也曾亲身来此行游，但之于冰心，林巧稚这个土生土长的鼓浪屿女子，却是毕生所不能遗忘的。而今，冰心先生的那一篇著名的散文《悼念林巧稚大夫》读来依然感人至深。

她这样评价林巧稚：“她的‘为人民服务’的一生，是极其丰满充实地度过的。她从来不想到自己，她把自己所有的技术和感情，都贡献倾注给了她周围一切的人。”她说她，“是一团火焰，一块磁石”。

我在荒岛上，迎接黎明。

临别厦门之前，苏小姐送了我一套她自制的明信片。十张明信片上分别摘录了王小波在《黑铁时代》中的话。连在一起，是当中那一篇《我在荒岛上迎接黎明》中的第一段话。我们都热爱王小波，也热爱卡尔维诺和卡夫卡。

我在荒岛上迎接黎明。
太阳初升时，忽然有十万支金喇叭齐鸣。
阳光穿过透明的空气，在暗蓝色的天空飞过。
在黑暗尚未退去的海面上燃烧着十万支蜡烛。

我听见天地之间钟声响了，
然后十万支金喇叭又一次齐鸣。
我忽然泪下如雨，但是我心底在欢歌。

有一柄有弹性的长剑从我胸中穿过，
带来了剧痛似的巨大快感。
这是我一生最美好的时刻，
我站在那一个门槛上，
从此我将和永恒连接在一起……

因为确确实实地知道我已经胜利，
所以那些燃烧的字句就在我眼前出现，
在我耳中轰鸣。
这是一首胜利之歌，
音韵铿锵，有如一支乐曲。

我摸着水湿过的衣袋，
找到了人家送我划玻璃的那片硬质合金。
于是我用有力的笔迹把我的诗刻在石壁上，
这是我的胜利纪念碑。

在这孤零零的石岛上到处是风化石，
只有这一片坚硬而光滑的石壁。
我用我的诗把它刻满，又把字迹加深，
为了使它在这人迹罕至的地方永久存在。

厦门是一座日渐苍老的城。当中住着的是，苍老的街道，苍老的南普陀寺，苍老的海，苍老的柠檬桉树，苍老的鼓浪屿，苍老的日光岩，苍老的猫，苍老的故事和人生。还有，正日渐颓靡许将坍圮的民国建筑。而昔日里留下痕迹的你们，却极可能是这一座城市里最常新的人。

来日再游荡到这里时，只愿：

日日常新，与君相看两不厌。

之二

那些人，那些事。

社会科学大楼
PILOT

—中华白海豚

苏小姐，你好

友人苏小姐。

是福建人，现在厦门工作。

去厦门旅行，苏小姐说，去鼓浪屿，一定要看看岛上的猫。我说，好。大学时代，与苏小姐常年一起厮混。她是我身边为数不多对我个人私隐有所了解的知己之一。其人娇小腼腆，真挚诚恳，近视度数不低，一口很不整齐的牙齿和很不标准的普通话。是不算美女，但她又实在是可爱得很。

大学时代，苏小姐不在意打理自己这件事，常年陪在她的美女闺蜜身旁。甘心当一片绿叶。也是因着苏小姐，我对所谓“美女”一族很有成见。仿佛每一位美女小姐的身边总会有一个姐妹，各方面皆不如自己却又愿意跟她掏心掏肺。表面上看，美女小姐待身边女孩也算真挚亲密，有金兰之义气。

但叩问其心，是否果真如此，我很怀疑。

苏小姐却并不介意。大学时代，苏小姐没有交过男朋友，大多数的时间都是花在旁人的感情事件上。偶听其谈及某某男生与之过往从密，心中欢喜，只可惜时日一旧便总不了了之。

又因我在她面前，时常肆无忌惮，举止暧昧。苏小姐便说，只怪她自己交友不慎，有我这“祸害”常年待她如同性，行为不忌，导致不明事理者皆以为她是名花有草，不敢靠近，成为她大学时代未能恋爱的一个重要原因。我每每听到，总是脸皮极厚地哈哈大笑，并待她一如从前。

苏小姐很喜欢台湾作家九把刀。她对他的样貌很是着迷。但九把刀，在我看来，其样貌远不如才华出众。但无法，她就是沉迷于他，不能自拔。今次去厦门约见苏小姐，一见，是女大十八变。也知道悉心打扮自己，并越发清秀。也知道戴上牙套矫正牙齿了。

苏小姐工作忙碌，但百忙当中还是抽出时间去了机场。从机场出来，一目看过去，没见到苏小姐。穿过人群，方才听到身后某个角落里响起一阵一阵细小的声音，是她在叫我名字。在人群里，她依然是好小一只。惹人怜爱。

大学毕业之后，其实联系得不多。人跟人之间的关系由近而疏变得越发轻易。幸苏小姐与我不似旁人，虽不常见，也不常联系，但只要说话，依然是好亲近。她也年岁渐长，担忧的事情也不似往年单纯，亦不得不为庸常世俗所扰。

估计我是嫁不出去了吧。她总说。

可是。亲爱的，人一生路漫长，可做的事情那么多，又何必执着于嫁娶这一件事情呢。实在是不太值得的。当然，我不会这样跟苏小姐说，这些道理她比我懂得更透彻。只是她也无法，父母年纪大了，给她爱顾二十多年，能报答的事情也不太多了。总需要做点什么，来给他们安慰。即便是，嫁给一个不那么相爱的人。

而这些事，不久也要落在我的头上。彼时，兴许是苏小姐与她丈夫甚至带着一个孩子，坐在我的对面，喝茶，吃饭，与我聊天。对我说：亲爱的，慢慢来，一切都会好起来。

那日，与苏小姐在厦门岛建业路的鹿港小镇吃饭。席间，苏小姐与我说了很多大学时代的事情。而几年未见，这大约也是彼此之间唯一共欢乐共惆怅的话题了。我依然肆无忌惮与她玩笑。但今时的苏小姐，不似从前会配合着与我耍闹。只是静定坐在那里，瞪我一眼，然后笑一笑。

而今，细细凝看苏小姐，忽发觉，她眉宇之间，越发英气了。是独自闯荡几年下来，岁月留在她身上的痕迹。都说女子过了三十岁，一路奔向老。但岁月宽宏，待她不薄。光阴痕迹留得这样好，有味道，又不苍老。

那顿饭，吃得很愉悦。

时移事往。人与人之间的聚散变得越发不可预料。今日对酒当歌，明日人生几何？能相隔数年，再与故人聚，共食共饮，一如当年，

海贼王

不见丝毫生分。这已然是好难得的事情了。从餐厅出来，苏小姐陪我绕着筼筜湖走了一圈。

彼时，天色很暗。看不清她的脸。苏小姐忽然问：这以后，何时再来？我哑然。不知如何应答。而今，运命待我已甚是优渥——父母安康，长姐静顺，我亦安稳。平日，除了不定期的旅行，极少出门。连来厦门，也不是特地看望苏小姐的。

我竟不是来看她的。

我竟从来未曾想过来看望苏小姐，或去看望其他知己故友。如此一想，便觉不安与惶恐。何以，我变得如此冷漠。走过的路，经历的事，谈过的情，损毁的爱，都被我遗失在了哪里。世界很好，我们很糟。良久，苏小姐说：

那改日，我去成都找你吧。

韵脚游戏，我爱你

我是个耐不住寂寞的人。

从小就是。

骄傲的表象下藏着一个略微自卑的自己。
冷漠的表象下藏着一个渴望亲近的自己。
无常的表象下藏着一个努力平静的自己。

所以，廖一梅的那一句话引起不少共鸣——“在我们的一生中，遇到爱，遇到性，都不稀罕。稀罕的是，遇到了解。”写作的时候，从来都不寂寞。纵是写作，根本就是一件孤独至死的事情。只是，这所有的内心戏从来不是轻易好表露的。

但是你懂，叶小姐。

也不知道你是因为热爱黄碧云，还是那么恰巧，你也叫作细细。但我依然习惯叫你，叶小姐。与叶小姐在一起的时间，只有一天。是有始有终的一天。不累赘，不拖沓。无缠绵，无缱绻。不是安妮·海瑟薇和吉姆·斯特吉斯，牵扯一生一世直到死的《一天》。

Nora & Piano

always smile!
PONY BROWN
always smile!
PONY BROWN
always smile!
PONY BROWN

是恰好凌晨时分，去吃海鲜夜宵，与叶小姐拼桌相识。迷恋生蚝如你我的人不多，满桌只有这一样。实在是妙。又各自要几瓶啤酒，喝至开始聊天。知道你是酒吧歌手。大约是在两点的时候，你要去我住的旅馆，我也应允。

终于，我们一起开始做游戏。

游戏的名字叫，押韵。

洗完澡，我们并肩躺在床头。谈天说地。恨不能从出生聊至今日，就连往事也那么相似。人生从来就是如此诡异，以至于我们都以为彼此就是传说中幻想里的，世界上的另一个自己。

你说了你的父母、童年、少年、当下、梦想，跟曾经的那些爱情。我也在说类似的经历。如同已认识好几辈子的两个人，又因着陌生的脸孔跟萍水相逢的际遇，说话也变得更加安全跟容易。后来，你兴致陡起，赤身裸体爬起来站在窗边，假装沉迷，唱了一首《开到荼蘼》。

有太多太多魔力，太少道理。
太多太多游戏，只是为了好奇。
还有什么值得，歇斯底里。
对什么东西，死心塌地。

一个一个偶像，都不外如此。
沉迷过的偶像，一个个消失。
谁曾伤天害理，谁又是上帝。
我们在等待，什么奇迹。

最后剩下自己，舍不得挑剔。
最后对着自己，也不大看得起。
谁给我全世界，我都会怀疑。
心花怒放，却开到荼蘼。

一个一个一个人，谁比谁美丽。
一个一个一个人，谁比谁甜蜜。
一个一个一个人，谁比谁容易。
又有什么了不起。

我也爬起来，假装有把吉他，赤身裸体，弹着没有旋律的曲。竟然还异口同声地骂了对方一句“好装逼”。哈哈大笑，像场儿戏。睡眠不足三五小时，就起身讨论早晨要去吃什么东西。从鼓浪屿慌张似的逃离，满厦门地张东望西。

后来，你去你驻唱的酒吧拿回自己遗忘的吉他。跟我一起骑车去了环岛路，坐在海边，约定明年一起去西双版纳。仿佛是一些胡话，但彼此又那么当真地进行着这一日假装深情的戏码。我失恋不多久，你单身也不过是抛弃了一个重口味的他。

下午，你第一次跟酒吧请假。拉我一起去逛巴黎春天，还跟我一起身无分文地说什么，去哪里买下一批LV，拿回去垫在桌脚下，或者撕烂了擦鼻涕。原来，当穷人的时候，仇富心理是这么地嚣张，仿佛人生都很消极。但其实，我们都生活得热烈如谜。

连黑暗的自己，我们都愿意暴露给彼此。就当是储存起来，让这个歇斯底里的也曾年轻过的自己永不过期。本来想着，一起拍一张照片，回去冲印出来，挂在家里。但是不一会儿，又都觉得，这一些对于当下的你我根本就是好多余。

算了算了，继续走走停停。

下午的时候，你说我们去KTV。我只唱了一首KTV里没有的《沉默入迷的呼吸》。你呢，把我当作观众，开了一场自己的音乐Party。只可惜，那一刻，全世界只有你跟我，两个活在物欲世界自以为多么骄傲出众的寂寞魂灵。

吃了一顿西餐，竟然没有埋单，我们就速速撤离。服务员跟上来叫我和你，你就遥遥指了指厕所，说了句好刺耳的“拉稀”。跑路的速度丝毫没有减慢，就这样跟我一起堕落跟沉迷。回到旅馆，你突然跟我说，其实，你始终不曾放下之前的那一段恋情，却又不知道如何才能开始一段的新的感情。

我也无法安慰你，只好狠狠抱住你。你还说了一句“请你用力，再用力”。说完，我们忽然意识到了一点彼此语言里潜滋暗长的“色情”。终于，我们睡到了一起。但其实，依然是两不相干地各自做梦，许在梦里，我们又一而再地把彼此调戏。

但最好的时光，是我们深夜告别的时候，一起对彼此说了一句“一定要照顾好自己”。人生在世，最珍贵的，大约就是旅行的时候，意外地在某个犄角旮旯里遇见一个陌生的自己。了解你，懂你。写这样一篇疯趣的文章，不过只是为了证明：

崎岖的生活里，黑暗之中必有光明。

但也许，临别前，我们根本是，
矫揉造作地对彼此说了那一句，

我爱你。

爱
Welcome To
SandySide
BEACH
Enjoy the Fun & Sand
BE SURE TO STOP AT OUR FAMOUS
SandCastle Cafe

突然，我就记起你的脸

这是一个关于伤害的爱情故事。

发生在友人颜先生的身上。未与陆小姐认识的时候，颜先生在上海，生活平静，亦寻常。有尚可的恋人，有尚可的工作，有尚可的住房。安稳度日。一切都波澜不惊。

后来，他回老家，与陆小姐相识。与陆小姐相识，起因是颜先生与陆小姐的男友熟稔已久。当时，陆小姐的男友第三次劈腿。陆小姐打算分手。所以，陆小姐的男友便找来颜先生劝和。遂两人相识。之后，颜先生得知，自己与陆小姐是昔年校友，颜先生年长三岁。二人几番接触下来，甚是投机。

又因两家距离不远，尔后也时常碰面。离开老家回到上海之后，颜先生一如往常，上班，下班，与恋人一起生活。但午夜梦回，颜先生竟惊觉自己忘不掉陆小姐那一张温柔的脸。爱情这件事，发生的时间和彼此身份时常不对。只是发生时，谁也无能为力。

但颜先生不能作为。只能默默假装内心感受不曾强烈。不久之后，颜先生与恋人分手，孤身去往厦门定居。在厦门，颜先生租下了一个很小的铺店，经营咖啡、糕点。设计专业出身的颜先生也会手工制作一些纪念品搭配贩售。

两年之后。夏日。陆小姐来到厦门旅行，光顾了颜先生的店。招呼客人是理应的。只是，四目相对时，两人呆若木鸡。平静之后，陆小姐也请店老板颜先生坐下。两人聊天。聊音乐，聊电影，聊文学。聊穿衣，聊家居，也聊流浪狗和流浪猫。那个下午，颜先生绝口不提爱情，但她很快乐。

陆小姐离开时顿了顿，转身走回收银台的位置，看着颜先生，说：我两年前分手了。给颜先生留了电话之后，陆小姐便转身离开，再未回头。颜先生无法回应陆小姐。他素来是个谦虚的人，也不敢擅自以为陆小姐暗示自己什么。只是，平静地将电话号码存下。

名称是：消失不见两年的你。

后来，他们的故事也历经了平庸又温柔的一段。陆小姐去北京读研究生，颜先生也关掉了店铺追随前去。他们在学校附近租住了一间小屋。养了一条狗，捡回几只流浪猫。陆小姐念书，颜先生继续做设计。周末会看电影，喝香槟，自己在家做料理。

在一起五年。

颜先生说，陆小姐任性、好面子、敏感又偏执。许是因着旧年恋情坎坷的缘故，陆小姐极度缺乏安全感。对颜先生的占有欲令人

SOAP

咋舌。电话是不能不接的，任何时候。短信是一定要及时回复的。不能在两人之外的任何人面前对自己指正批评。说话一定不能大声。用词一定要温柔。包容、迁就，没有限度。

与陆小姐也曾见过几次。大约也确是颜先生所说的样子。但终究，能看得出来——她是那么那么地热爱颜先生。再后来，陆小姐要出国读书，与颜先生异国相恋一年，归期无望。陆小姐曾给颜先生写过一封信。她说：

亲爱的。
你太温柔，我太激烈；
你太坚强，我太脆弱；
你太执着，我太不安；
你太勇敢，我太懦弱；
你太乐观，我又那么悲伤。

我是那样那样热爱你，
以至于我那么害怕将来的将来，
会失去你的那万一之可能性。

于是，我在你面前，
越发黑暗，肆无忌惮，
粗鲁，不讲理，疯妇一般。

我是执念太深太重了。

以至于，我都不知如何去爱了。

可是，连爱都不会，

我还可以做什么呢。

爱到最后，总要变成伤害的。可是，你永远无法要求别人像你热爱她一般，用同样的方式来热爱你。有时候，她不是想要离开你，只是觉得自己无法像你那样好好爱她一般地来好好地爱你。

分手的时候，颜先生三十岁。再次回到厦门，租下的依然是当初的那家门店。不知道，颜先生是否仍心存愿想：想着，会否将来哪日她会重回光顾。那一年，他孤身来到厦门，是为了爱之不得。今次，他重又来到这里，是为了爱之别离。

陆小姐太害怕爱，以至于无法面对爱。曾经，她也以为，没有关系，不是妨碍。可是，那些有伤的人，伤口太深，痛也住了下来。终会变成阴影，迅速扩散，荼毒人心，化作黑暗。但此一生，她能够遇到颜先生，给予她数年温柔，已是光明。

只是遗憾，总会有人，

不敌昔年旧日的苦难，

辜负现下最爱你的人。

误了爱情。

误了众生。

你好……

厉小姐是个作家。

我读过她很多书。小说，随笔，都有。但她并不知名。是小众的。在书店的书架上，她的书总是住在角落，静处。也就那么几本好好地摆放着，甚至一连多日也是无人问津。其人又低调谦逊，因而不为人知。但我有幸读到她，写得真是好。

从事写作多年，大约也是知道而今人们阅读的潦倒情形。生活不容易，忙碌生计也是理所应当的。所谓，安身立命。尚且不能安身，岂有工夫思虑其他，岂能立命？不读书，也不是错。但能有这样一个慧眼的出版人，不计回报，甘愿扶持厉小姐，也当真是美事一桩。

世上，难得遇到懂得和欣赏。

如今，厉小姐已三十有余，依然是孤身一人。身边也间或有男子往来，但多半都不了了之。她也不曾想与谁人谈婚论嫁，只求短暂的两相依偎。知道，这世上，自己依然是会被人爱上，也依然是能够爱上别人的。就已很好。

在网络上，与厉小姐神交已久。不能算是知根知底，但起码也是了解甚深了。能在这粗陋的世上活得特立独行靠近理想并忠贞于心的人，实在不多。厉小姐可以。这说明，她自有过人之处。

厉小姐住在曾厝垵。祖辈是渔民。自幼跟随祖母，祖母去世之后，孤自守着一间老屋。自然，去拜访厉小姐时，老屋已换新颜，被厉小姐打理得井井有条，甚是美妙温馨。职业写作并不容易，尤其是如厉小姐这般从不苟且于市场的作家。其人真挚，讨人喜欢。

她有几处专栏，每月会有可养活自己的稿费。每一年出版两本书，版税虽不出众，但亦可度日。也会为拍照，有不可思议的摄影天赋。有趣的是，她还能画得一手好画。当真是个稀有的才女。只要收入略有盈余，厉小姐便会离家旅行。至今，她已去过了四十多个国家。

厉小姐说，下一步，她打算去南极。

真是果敢勇猛的女子。也会无可避及地便讨论到爱情。世人皆在说爱，但扪心自问，当我们讨论爱情的时候，我们到底在讨论什么。多半是现实无奈与理想桎梏。多半是挣扎，多半是不快乐，多半是委曲求全。但厉小姐说的，就只是爱与不爱的事。

譬如，两年前，她与一男子来往。男子年长她二十二岁，是父辈的年纪了。但其人风度翩翩，极有修养，与厉小姐相识于自己的小型签售会。男子是她的读者。一次捧来她已出版的全部书。她看过去，想着，原来自己也已寂寞写了好多年。

后来，男子给她写邮件。字里行间满是爱意，真是个性情中人。厉小姐也不在意。直到一日出门，见到他。正在对面的旅馆院中浇花。他也看见了她。只是，旅馆很多年了，她却从来没有发现他。而他，却时时注目她，又不打扰她。

那日，她去了他的旅馆，喝了下午茶。

旅馆他接手了好几年。平日里，厉小姐不常出门，或是长途旅行，与邻里并不密切。他亦好低调，总是来往国内外，奔波自己的主业。于是，竟当真一次也不曾会面。虽然，他已目睹她低头来去好多回。那时候，他便想，这女孩真是特别，理应有个有趣的职业。譬如，写书。譬如，作画。

直到他赶去签售会现场见到她。

世间因缘，时而糟糕到令人不忍顾念，时而又玄妙到让人生死流连。他独身很多年，前妻带着儿子移民去了美国。而今，儿子也是到了如厉小姐一般的年岁了。聊到这里，男子哑言。是，他爱上的这个女孩是另一个时代的人了。

倒是厉小姐明快。约他改日去海边吃饭聊天。见他一身洁白衣裳，旅馆一尘不染，几株花草亦长得丰茂，连他养的那只猫也是温静礼貌。如今，历经世事并清透洁净的男子不多了。厉小姐有些心动。

SPEED GRAPHIC
SPEED GRAPHIC

剧烈的爱是属于少年的故事了。

交往约一年，碎语闲言渐多。男子消失不见。彼时，厉小姐一笑而过，也不痛，只遗憾。毕竟，有那么几个片刻，她第一次在一个男人身上投放了很大的梦想。再联络时，男子已在日本。依然独自一人，带着那只慵懒的加菲猫，相伴度日。二人皆是，论天论地，却绝口不提感情。

再见时，是在厦门。二人旅行，下榻同一家酒店。男子见她时，只一句好生分的"你好"，再无他话。厉小姐失声冷笑，继而盛怒，训斥了男子。又是情之所至，一并挖苦讽刺自己，说他昔日怯懦，对待自己的感情竟敌不过区区几句蜚语流言。

男子惊讶，说，当日离开，怕的不是自己声名有损，到底是大半生已过，几句闲言全然不足为惧，是思虑厉小姐年轻，还有大把美好时光，不想厉小姐的名声损毁在自己手里。以为彼此明白，不想竟成伤害。一来二去，也就冰释前嫌。密似从前。

感情的事，一错身，便错一生。

庆幸二人缘深，不能绝断。他乡遇故人，往日里的情分都还在。困惑的，也遽然明白。相爱，最忌讳的是有不信任、不明白。离开厦门之后，与厉小姐失去了联络。后来，听人说，厉小姐离开厦门，离开曾厝垵，去日本嫁人了。

伤花岁月

戚先生在厦门。

林小姐在南京。

戚先生与林小姐相识于 2001 年。是网恋。早年网络不如今日发达，彼时人心也不似今日冷漠。是当真会有人将感情投付于一个不曾谋面的异乡人的。为的便只是那些不掩饰、不假装、也没有期待的秉烛夜谈的时光。网络的距离感令人觉得安全，会与它掏心掏肺，拿往事与未来去聊天。

戚先生与林小姐相识于一个业余摄影论坛。两人的摄影风格迥异，又彼此欣赏。遂相识。那几年，如同约会一般，两人每晚都定点守候在电脑旁边，跟对方说话聊天。好像，这是每日庸常生活里最要紧的事。最后，两人开始网恋。

但两人从来不曾传给对方自己的照片。也从不进行视频对话。都是心气很高的人，觉得没有必要。虽然，戚先生也曾在电脑的那边抽烟想着，是否有机会可以与林小姐见上一面。只是想见一见。

戚先生的生日在冬天。每一年都会收到林小姐的礼物。又三年

welcome

的冬天，林小姐去了厦门。也是忽然的一个念头，她便开始也想要见一见世上这个最懂自己的人是什么模样。带去了一条自己亲手为戚先生编织的卡其色羊毛围巾。林小姐想，这几年下来，自己年岁已经不小，此一见订下终身也算如愿。

她知道戚先生的住处，便寻路过去。敲开了戚先生的门。开门的是个孕妇。林小姐当下便猜出一二，几句下来，得知她是戚先生的新婚妻眷。恰好当日戚先生不在，去参加朋友为他准备的生日聚会。妻子有孕，不便同往。

林小姐敷衍了自己的身份之后，便匆匆离去。仿佛是要逃离羞辱似的，当夜便离开了厦门。乘坐凌晨的航班飞回了南京。冬日的厦门依然清爽，倒是南京寒风拂面，刺骨刺心。大约，也没有什么时候能比凌晨时分孤自一人走在无人街头更凄凉的了。

但林小姐其人温善。也不曾与戚先生说及此事。二人依然每晚说话，只是林小姐与戚先生都甚有默契的，只言友谊不谈其他。这样，二人便算是分手了吧。再后来，戚先生出差来南京，也曾约见林小姐。又恰逢林小姐在相亲。于是，戚先生也未能如愿。

林小姐三十岁那年，也结婚了。但没有孩子。丈夫因为此事两年之后又与林小姐离婚。彼时，当真是天地广大，无一处容心之所。容身之处还有的，林小姐工作稳妥，收入尚可。有一套很不错的房子。林小姐离婚的时候，戚先生也已孤身一人带着一个四岁的女儿。

两人始终保持着联络。

连对方是何模样也不知道的两个人，凭借电脑、手机来往近十年，放到今日当真是奇谈了。我尊林小姐为老师，初年写作时，曾得林小姐指点，一日为师终身为师。今次来厦门拜见林小姐时，听说我打算为厦门写点什么，便跟我说起了往事。

席间，林小姐的丈夫下班回家。二人温柔轻声片刻，林小姐便跟我介绍说，这就是我跟你提到的戚先生。当下，真是好惊讶。与戚先生寒暄两句之后，戚先生去了书房工作。林小姐方才跟我讲了后来的故事。

2009 年，林小姐工作调动。领导提供了三个地方可供选择，广州、厦门和香港。也不知因何缘故，林小姐不假思索便说要去厦门。来到厦门之后，林小姐租住在思明南路。一日约见戚姓客户，见后林小姐不曾多想。各自介绍了自己。当下，有那么一个刹那，二人脑中闪过了一些什么。但也不便喧宾夺主，忘了工作。

回家之后，二人一如往常地聊天。因着多年想见不能见的缘故，林小姐来到厦门之后，二人也不曾约见对方。毕竟已这么多年，昔日若说见上一见许当真是会有趣味的。到了今日这个份上，都知道爱与不爱并不重要，知己难寻才是真理。

这一日，两人的对话进行得颇为艰涩。大概都有一句想问却不敢问的话，如鲠在喉。各自道晚安关掉电脑的刹那，林小姐接到戚

先生的电话。戚先生说，我就知道是你。虽是两样的名字，但存下的电话号码一字不差。倒是林小姐心粗，不曾想到这里。

而后的事循序渐进，是以有了今日局面。她与他二人从相识到今日，已有十二年。十二年，一个本命年，从她的二十三岁到三十五岁。最好的时光，一点一点被磨蚀耗费。她仿佛是《一代宗师》里的宫二。但亲爱的林小姐，你要幸福多了。

人世间，有些感情如一坛陈年好酒。
被藏放多年。越久越浓，越浓越香。

孔雀绿与宝石蓝

与蓝先生再次见面，竟已时隔六年。

那日，本是无事，在咖啡店闲坐，晒太阳。蓝先生进门时，我也未发觉。直到他走到我身后拍了拍我的肩膀。是真的不敢相认了，他说。而今，他发已斑白，我亦是胡楂邋遢，半遮面。依然是摩登如昨日，蓝先生旧衣如新，穿得甚有味道。

蓝先生年长我十二岁。至今，他也不能算老。未过四十。只是，两鬓白发只在耀眼。本以为是他故意漂染而成的。竟不想，真如《食神》里的周星驰，因爱生愁，老去得这样迅速。令人叹息。

蓝先生早年境遇不佳，因年少离家，生活好不顺利。这世道人心原本即是自私又无礼的。冷眼冷言，他历经的真的已是不少。与之相识那日，与狐朋狗友酒吧取闹。他刚与妻子离婚，尚无子女。孤身在酒吧买醉。形容憔悴。

卫生间里，他跟我借火。刚抽上几口，便踉跄倒地。失声大哭。幸得无人看扰，也不算难堪。唯有我在侧。也不知如何安慰，到底还是个陌生人。后来，他半醉半醒与我说了一些不着边际的话。也

未能听懂，只是记得，他跟我要去了电话号码。

人与人的相识，有时候便是这样毫无道理。后来，得知与他是同乡，便也经常小聚。他的朋友多是摩登的漂亮男女。再后来，知道他是画家，我亦已开始写作。交往也不似旁人，喝酒寻乐。也越发贴心起来。只可惜，不足两年，他消失了。

彼时，也是知道他有一个交往四年的恋人。但也不相见。直至那日再见以前，也未能了解更多。而我到底是忍不住问起，那时候，怎么突然就离开了，无声无息的。令人担心。倒是蓝先生飒爽开朗许多，聊起昔年往事，仿佛是不再有痛了。

还是，痛得太深，成了习惯？
他也不可思议地适应了？

那时候，他们在一起真是快乐。恋人与他都是年少离家，终而众叛亲离。少时离家又心性清正的两个人遇到之后多半是彼此怜惜，又最懂得。蓝先生的画当时已卖出身价，养家不成问题。恋人精通三门外语，在外企工作也算顺利。

后来，因为旁人介入，爱上蓝先生，二人分手。蓝先生自然是不愿意的，只是恋人在感情事上有洁癖。容不得半点瑕疵。本以为此生二人也就这样了，竟不想，脆弱敏感至极的恋人选择轻生，从六楼坠下，半身瘫痪。

蓝先生回到身边照顾恋人两年，到底是解不开恋人心结。两年之后，恋人再度轻生，离开人世。并不美好的桥段在蓝先生的身上确实如此令人伤叹。失去至爱一次，已是支离破碎。失而复得，得而再失，其痛之深切，无法表叙。是以，两年之后，蓝先生出国，远渡重洋，奔赴国外，至今，未再与人相爱。

又六年已过去。此次蓝先生回国，是参加故友婚礼。只是，事情办完，蓝先生竟忽对故园再生眷恋。他说，自己一时间亦是难以分辨，是时间治愈了自己，还是昔年热烈的内心终究被往事荼毒，变得冷漠至极。面对陈年伤痛，内心亦不再干戈四起。

人终究是不该活在过去里的。人生说短亦漫长，说漫长亦着实短暂。总还有日子要过下去。颓靡沉默是一种活法，涅槃再生亦是一种。蓝先生，如今亦已近四十年岁。所剩光阴，只有小小半生。该拥有的，理应不只有黑暗的过去。

他也问及我的近况。可是，至于我的那些往事，能说些什么，又该从何说起呢。情来情往，哪一段爱不是千疮百孔。不是别人负你，便是你要负人。能做的，可说的，也就只是——能有一个最好的聚散。记得该记住的，忘却该忘记的。

来日再见，往事从简。

白老太，狗，小确幸

一人一狗的生活，很快乐。

一人一狗的生活，也很寂寞。

是在离开厦门之后的第四个月，从友人白先生处得知，他的老祖母去世了。去世的时候，老祖母八十二岁。

在厦门的时候，也曾随白先生拜访老祖母。彼时，老人精神很好。招呼我的时候，依然利落。甚至，还能下厨做上几道菜。味道亦是妙极。老人住在待拆迁的老宅。面积不大，但亮堂明净。邻居叫她白老太。

当日，白老太打算再次下厨为我们做一顿家常饭。几番客气依然不能如愿，她坚持下厨。大约坐定不过十几分钟，忽听白老太唤了一声“老伴儿”。记得白先生曾告知我，祖父去世已十年有余。正惊诧，便见一体型健硕的金毛猎犬从老人卧房缓步走出。

白老太是在叫他。

她说要去买菜，老伴儿听到便跑去厨房衔出一只竹编菜篮。菜篮有些年头，见把手处被老人用绿色碎花布料包裹了几层。布料已

是很旧了。老人朝我们笑了笑，说家里酱油不够要出门再买些。说完老伴儿看了我一眼，朝门外走去。

后来，白先生告诉我，老伴儿是他祖父去世的那一年，白老太在路边的垃圾桶里捡到的。奄奄一息的一窝奶狗，只有老伴儿被救活。当时也看不出品种，旁人都劝她沧桑年纪养条狗实在是个负担。但白老太心善，坚决不肯弃之不顾。

一年，两年，三年。白老太不曾为之取名，只唤作“狗儿”。后来，也不知哪日午夜梦回孤寂难耐，哭出声来。只见它伏在一旁，忽跃上床来，舔舐白老太的脸庞，发出呜咽声音，令人感动。再以后，它便有了名字，叫“老伴儿”。

昔日，看电影《忠犬八公的故事》，便几番感慨。再看看自己身旁的爱犬王小妞、王小好，更是心上惆怅。人与狗的相处，是门艺术。最难得，是你们彼此心意相通。只是我不谙其道，未能将爱犬教导好，至今顽劣。但白老太一定是懂得，金毛多温驯，但如此明晓人心的，仍是头一次见。

厦门人对待猫狗的态度普遍要和善、进步许多。洋人来华肆虐的年代，闽南一带，人与猫狗共处一室，已是常相。西方人对待猫狗的可亲态度对厦门人的观念也起到潜移默化的影响。加之，许是水土根基之缘故，这里的人总要柔软几分。

当晚，白老太做了四菜一汤，白老太和白先生食量不大，大半时候都是我很不客气地在吃。也是知道白老太节约，剩菜剩饭大概她也会贮存起来，改日再用。但到底是不新鲜。生怕浪费老人心意，也实在是食欲旺盛，三两下，做完清盘扫尾的工作。

饭后，陪同白老太和老伴儿散步。老伴儿年岁已大，虽身强体健，但步履到底是不如年轻犬族矫健了。始终紧贴白老太，不时会抬头看看老人。仿佛真就如同耄耋夫妻一般，鱼水恩爱。白先生在祖母家收拾锅碗，未能同行。回去时，白先生正欲替祖母换鞋，只见老伴儿驾轻就熟从墙角衔出老人干净的花布拖鞋。

离开厦门之前，送了老人一些书。虽年逾八十，但戴上眼镜，老人依然可以阅读。也不曾刻意养生，依然拥有一副健康身体。本想，说不定，白老太也能活成百岁老人。竟不想离开厦门不过三四月，老人便已作古。

后来，白先生告诉我，我离开半月，老伴儿就去世了。是寿终正寝，走时已无力气，没有寻一处僻静的地方避开主人，只是打开了老人衣柜，在最下面老人捡回他那年用过的被褥上，睡去了。老伴儿走后，白老太心情抑郁，时常抹泪。不久，便身体抱恙，最终撒手人寰。

爱犬之于主人，意味不过人生十余年，但主人之于爱犬，意味着一生一世一辈子。养狗这件事当然不容易，需要的不只有一时兴起的热情，更需要持久的责任感、爱与耐心。一旦开始，切不可半途而废。对待养下的爱犬，理应如白老太一般，不计较出身，不嫌弃品种，不离不弃，好生爱顾。视若亲人。

为之照看一辈子，养老送终。

老伴儿出现时，白老太孤寂无依。老伴儿走时，白老太定然心灰如死。是这样的，人生在世，有时候，需要的不是要有多么深切的爱恋，多么歇斯底里的缠绵。要的，只不过是，相依为命的陪伴和温暖。

不用一生一世。

哪怕十年。
哪怕一日。

岁月，不过是相遇又离别

这个故事说起来真是哀伤。

常先生与我同岁。眉目硬朗，亦有一脸胡楂。用他的话讲，我们俩长得有几分相像。是在厦门遇见的成都人。听说我也是从成都来，便偶有做伴一同行游。几日下来，也算有了几分交情。那日，在厦门大学，常先生跟我说了一段往事。

常先生高中毕业便出来打拼，在一家影楼帮人拍照。那时候，常先生遇到了他所讲的恋人胡小姐。胡小姐祖籍东北，在南方念书，后落居成都。胡小姐不美，但其人好贤惠。待常先生，是分外体贴。用常先生的话讲，便是：“这辈子除了我的母亲，她是对我最好的女人。”

但好女人与漂亮女人，肤浅如多数男子，总是倾慕后者居多。发肤皮囊在多数男子心中，分量实在不轻。常先生的故事其实非常简单，也不过只是一个为了漂亮女人抛弃糟糠之妻的负心故事。我对他并不同情，当时也只是应景地惋惜了两句。

二人相识月余，同居。住在成都郊区的一间出租房里。为了照顾常先生生活起居，胡小姐从城之最南边，搬到城之最北边的常先生处。每日上班，胡小姐都要步行十几分钟去赶坐公司的班车，下班之后再步行半小时去菜市场买菜，为常先生做饭。

常先生懒散如我，家中常年脏乱，不去收拾。虽彼时收入不多，但常先生从不在家做饭，总是叫个简单的外卖对付对付。胡小姐搬来之后，为了节约花费，从不坐出租车，公交卡里的存钱也是精打细算。并且，一切费用皆是胡小姐自己承担，从并不丰厚的工资里挪出钱来为常先生打算。

常先生爱面子，起初几次厉声呵斥胡小姐不该独自承担家用。当然，也是顾虑胡小姐收入不丰。虽然常先生的经济情况也不理想，但家用还是负担得起。胡小姐体贴，顾虑常先生面子，口头上每每都是好顺从地应承着，来日一如既往，从不与常先生开口要钱。

久之，常先生便习惯，不再提此事。

二人同居四个月。常先生不曾为胡小姐额外花过一分钱。当然，常先生本人并不吝啬。买了礼物，胡小姐也要退掉。那段时间，收入不多的常先生倒意外存下了一些钱。当中，常先生五月生日，胡小姐还送了他一块昂贵的表。

胡小姐自幼在乡村长大，纯朴心性在都市女子身上难寻。倒不是城里姑娘个个爱慕虚荣，但至少，比胡小姐要懂得爱顾自己。那时候，之于胡小姐而言，爱他就像爱生命。除了常先生，别的都不

重要。

一次，常先生说将来想去南京定居。胡小姐一口说好，至于彼时稳当的工作，胡小姐也说可以辞掉。后来，常先生与某女子相识，此女甚美，是婚纱店的模特。一来二去，两人关系变得微妙。顾虑家中贤妻，常先生倒不曾做出格的事。

只是，心中有了异念的男人总要露出马脚。而胡小姐也一早知道，但从不说常先生的不好。一如既往，卑微地热爱。一颗痴心，世上难觅。终于有一天，常先生离她好远。每每深夜，胡小姐梦醒，身边总是无人。常先生也不鬼混，只是拿着手机或是抱着电脑在客厅把一夜时间荒废。

分手的时候，胡小姐哭得凄凉。仿佛是要将来生来世的眼泪也一并用尽。离开的时候，恰逢雨天。常先生甚至没有送她。她一双纤弱的手臂拖着大小行李，雨中步行。孤自一人从城的一端奔去城的另一端。一如当初来时模样。

之后，常先生也未与模特小姐相恋。孤自一人。原本，厦门之行是与胡小姐的约定。不想今日来时，已是物是人非。听上去，常先生简直冷血无情，十恶不赦。但其实，常先生没有听上去的那么坏。我问常先生，若有机会，是否还要在一起。

常先生斩钉截铁：不会。

这个私心好重的年代，与人相爱，也一定要有一个坚强的姿态。胡小姐低到尘埃，却未见花开。若要与人爱，必要懂得如何自爱。连自己都不足够热爱的话，如何能指望旁人一如你期望的一般来热爱你。凡事有度。付出，也不例外。

爱情是两个人的事情。胡小姐的无我姿态，某种程度上来讲，也日渐消磨了爱情在常先生心里的存在感。无我，不是大爱，是损毁自己，是磨蚀爱情，是爱之悲哀形态。爱，若是存在感没有了。感情，也就结束了。

读过一段句子。
是这样写的：

我以前不知道，
哀而不伤，是什么意思。
现在明白了，
却不知道，该如何对你解释。

于是想想，还是不说了吧。

回家

走时，苏小姐没有送我。

没有人送我。

送走堂妹之后，我一个人在偌大的机场独步徘徊。距离登机的时候还有一小时又五分钟，三千九百秒。距离厦门之行结束的时间，只剩下这么多。这么这么地少。人与人的关联，尚且不能恒久，又何况是人与一座城呢。

如梦初醒。

距离鼓浪屿已很远，距离曾厝垵亦不近，尚能闻见海风的气味，还有小旅馆干净的棉被上散发的洗衣粉香味和酒店大堂里的玫瑰花香。所谓告别，总是伤感。但此次，内心愉悦且圆满。有一些美好，不能占有，只能行游。到底是过客，不是归人。

盛夏时光，伴随着厦门的凤凰花和柠檬桉树，渐行渐远。终有一日，会落定在记忆当中，被岁月封存。只愿，日渐苍老的以后，会有一天，依然能够记得这一年夏天，我的厦门之行。从厦门离开的时候，尚未遇见今日的你。

那时候，内心寡淡如僧。

不承想，能够遇见你。

依然是那句话：看过的风景，爱过的人，放在心里就好。当然，还有所遇之悲喜故事。我有幸知道，并有幸为之记下几笔，已是足够。至于，来日的伤感和悦喜，都将一一温柔迎对，并悉心藏纳。爱顾人事，如同爱顾自己。

行将搁笔时，友人木小姐在电脑上发来一段歌词，是周笔畅的《时光机与流浪者》。她说，写得很文艺，很有品格。总而言之，她觉得好得无与伦比。她说，一定要放在你的新书里。我说，好。厦门是一座巨大的时光机，我是卑微的流浪者。从凤凰花开的夏日回到林语堂的爱情民国。

眼睛刚张开，富士山正望着窗台。
下一秒醒在，罗马郊外。
马戏团的歌，喧哗着忧伤的情怀。
我不会留在，古板门外。

散落的雪花，飘在远古深处的海。
黄昏已躺在，红场天台。
北极光闪烁，时光机正带我离开。
赶路的人啊，永远不明白。

F101
黄色潜水艇
创意餐厅
生活
就要
有激情
6
5
4
3
2
1
水表箱

……

流浪者，就是我。
飞过了，洪荒的。
神秘宇宙的流浪者。
别等我，成全我。
忠于我，还给我。
做我渴望的那个我。

在厦门度过了一个夏天。
离开的时候，仿佛过了许多年。

旅行，永远不停。

亲爱的厦门，回见。
亲爱的苏小姐，回见。

图书在版编目（CIP）数据

一个人流浪，不必去远方：厦门散步 / 王臣著 .
—北京：现代出版社，2017.1
ISBN 978-7-5143-4697-8

Ⅰ. ①一… Ⅱ. ①王… Ⅲ. ①游记—作品集—中国—当代 Ⅳ. ① I267.4

中国版本图书馆 CIP 数据核字（2016）第 248282 号

一个人流浪，不必去远方：厦门散步

作　　者：王　臣
责任编辑：曾雪梅　崔晓燕
出版发行：现代出版社
通讯地址：北京市安定门外安华里 504 号
邮政编码：100011
电　　话：010-64267325　64245264（传真）
网　　址：www.1980xd.com
电子邮箱：xiandai@vip.sina.com
印　　刷：北京航天伟业印刷有限公司

开　　本：890mm×1240mm　1/32　印　　张：8.625　字　　数：189 千
版　　次：2017 年 1 月第 1 版　印　　次：2017 年 1 月第 1 次印刷
书　　号：ISBN 978-7-5143-4697-8
定　　价：42.00 元